戦
夾竹桃
イラスト 平沢下戸

国小町苦労

詩と海の創作活動
〜蘭丸と七助〜

譚

戦国小町《せんごくこまち》苦労譚《くろうたん》

十四、工業時代の夜明け

夾竹桃

イラスト
平沢下戸

綾小路静子（あやのこうじしずこ）

戦国時代へタイムスリップしてしまった元農業高校生（現在20代半ば）。信長に振り回されながらも成果を残し、信長にとって唯一無二の存在に。農作業が癒しだが、偉くなりすぎて土を触れないのが悩み。

織田上総介平朝臣信長（おだかずさのすけたいらのあそんのぶなが）

尾張国の戦国大名。本作では40代半ば。美濃と伊勢を平定後、信長包囲網に苦戦するも、三方ヶ原の戦いで武田軍に勝利。現在は東国征伐の途中。

濃姫

信長の正室。斎藤秀龍（道三）の娘。好奇心旺盛かつ聡明で、信長もタジタジ。

織田信忠（おだのぶただ）

織田信長の嫡男。幼名は奇妙丸。静子の革新的かつ合理的な考えを吸収し、信長の後継者として成長。

森可成（もりよしなり）

信長が最も厚く信頼する武将。「攻めの三左」という異名をもつ槍の名手だが、宇佐山城で負傷する。

家臣団

前田慶次利益

前田利久の養子。紆余曲折あり、静子の馬廻衆として信長が派遣した。

可児才蔵吉長

慶次同様、いろいろあって派遣された。

森勝蔵長可

森可成の次男。荒くれ者として手に負えず、静子のもとへ派遣される。

彩（あや）

静子に仕える小間使いの少女。20歳前後。とても冷静な物腰で静子の世話を焼く。

おっさんず

五郎

京生まれの見習い料理人だったが、紆余曲折経て濃姫の専属料理人として雇われる。

みつお

タイムスリップ後、足満と行動をともにしていた元畜産系会社員。

足満

タイムスリップする前に、静子宅で暮らしていたこともある。過去の記憶はほとんどない。実はやんごとなきお方。

静子の養子

四六（しろく）

虐げられて育てられた信長の子。双子の兄。静子の元へ養子に出される。

器（うつわ）

双子の妹。10代後半くらい。

あらすじ

歴史オタクな農業JK・綾小路静子は、ある日戦国時代へタイムスリップしてしまう。

突然目の前に現れた憧れの武将・織田信長を相手に緊張しつつも、自分が〈役に立つ人物〉であることをアピールした結果、静子は鄙びた村の村長に任命される。現代知識と農業知識を活用させ、静子村は数年で超発展を遂げる。

能力を買われた結果、異色の馬廻衆（慶次、才蔵、長可）を率いつつ戸籍を作ったり、武器の生産に着手したりしているうちに織田家の重鎮に登り詰めてしまった静子。

織田包囲網が激化してからは静子軍を結成しゲリラ戦を展開させたり、新兵器で敵を翻弄させる一方で、グルメ研究や動物の飼育、女衆の世話に追われていた。

そして迎えた三方ヶ原の戦いで、歴史は塗り変わる。

静子の知略に完敗を喫し人生を終わらせた武田信玄と、危機をうまく回避した上杉謙信……以降、圧倒的有利な状況で東国征伐の準備が進む中、狼のヴィットマンとバルティが老衰のため息を引き取る。

信長は意気消沈した静子に特別休暇を与えるが、復帰後、ついに東国征伐の第一段階、甲州征伐が開始される。最新兵器と電信を手に入れ、快進撃で幕を開けたいくさの展開は？

港湾開発や信忠の恋、武田の行く末にも注目！

戦国小町苦労譚　十四

工業時代の夜明け・目次

天正四年　隔世の感

天正四年　隔世の感

千五百七十七年　四月上旬　一

残雪も溶け街道の往来が回復した三月下旬、日本海を臨む敦賀《つるが》港に足満《あしみつ》の姿はあった。

彼は軍を率い越後《えちご》入りして佐渡島《さどがしま》を目指そうと考えたのだが、雪に閉ざされた上にお家騒動を抱えた越後は、さながら蠱毒《こどく》の様相を呈している。

たとえ同盟関係にあるとは言え織田家の配下が進軍すると余計な軋轢《あつれき》を生みかねないと静子《しずこ》に諭され、若狭国《わかさのくに》は敦賀へと集結していた。

上杉《うえすぎ》家に対する気遣いなど持ち合わせていない足満だが、ほかならぬ静子の要望であるため計画を修正している。

若狭に入りはしたものの、暦《こよみ》の上では春なのだが、まだまだ日本海の波は高く荒れ模様であったため足満たちは数日の足止めを食らっていた。

無為に過ぎ去る日を重ねるごとに足満の機嫌は加速度的に悪くなっていき、部下たちですらひいひいりつくような緊張感を覚えるころ、ようやく天候が回復する。

この機を逃すまいと足満たちは船団を組んで敦賀港より出航した。織田家の支配圏内を自由に移動できる免状を持つ静子は、足満たちが補給を受けられるよう佐渡島直前に補給地点を設けている。

現在の石川県北部に位置する輪島《わじま》に補給物資を集積し、船団が一度に停泊するほどの許容量のない輪島港へ順に寄港することで補給を実施すると、再度集結して佐渡島の真野《まの》湾から上陸した。

さて、離島とは言え佐渡島は大きな島である。この島の内部では本間《ほんま》氏が五つの氏族に分かれて互いに覇を争うという、戦国時代の縮図のような状況となっていた。

ここ佐渡島は金銀山で成り立っている島ゆえに、各々の氏族は金山を支配することで生計を立てている。この頃になると惣領《そうりよう》家であった雑太《さわだ》本間氏は勢力を弱め、代わりに郷地頭《ごうじとう》と呼ばれた者が台頭してきた。

すなわち西三川砂金山を支配する羽茂《はもち》本間、新穂《にいぼ》銀山を擁《よう》する久知《くじ》本間と潟上《かたがみ》本間、鶴子《つるし》銀山を押さえた河原田《かわはらだ》本間と沢根《さわね》本間である。

中でも大きな力を持っていたのが島の北部を勢力下においた河原田本間と、南部を束ねる羽茂本間であった。これを快く思わない者の内、立地的に都合の良かった沢根本間を足満は言葉巧みに寝返らせた。

そして織田の軍旗を掲げた船団が佐渡島南西部に位置する真野湾に現れた際に、これを迎撃すべく沿岸に布陣したはずの沢根本間氏が一戦交えるどころか、これを招き入れたことで彼の裏切りが明らかとなり、迫る戦乱の兆しに全島が蜂の巣を突《つつ》いたような状態となる。

一口に上陸と言っても船団規模となると相応に時間を要するため、これを阻止せんと動いた者がいた。それはほど近くに河原田城を構える河原田本間であった。

彼らは予《あらかじ》め集めてあった百艘《そう》近くの船と、陸上からの部隊で挟み撃ちにすべく出撃する。そして敵を視界にとらえるか否かという段階で散々に打ち払われてしまった。

そもそも観測精度及び兵器の有効射程が違いすぎ、まるで話にならない戦況を見たそれぞれの本間氏は震えあがり、衰えたりとは言え惣領家の雑太本間に仲裁を求める。

こうして雑太本間の呼びかけで氏族の代表が集められたのだが、足満軍の圧倒的な戦力を目にして増長した沢根本間は『虎の威を借る狐』を演じてしまった。

曰《いわ》く、本間の中で如何《いか》に強くとも所詮は井の中の蛙《かわず》であり勝ち目のないいくさをするのは愚かである。開明的で先見の明がある自分はそれにいち早く気付いたがために、断腸の思いで彼らを招き入れた。

無駄に血を流すのではなく、転封《てんぽう》を約束して貰える間に軍門に下るのが得策である。自分がとりなしてやるから新天地で一から出直そうとぶちまけた。

これを聞いた他の本間氏は当然激怒した。氏族の総意として徹底抗戦すると決めたことを反故《ほご》にしたうえ、外患《がいかん》という災いを招いておきながら恥知らずにも「お前たちも賢くなれ」と言い放ったのだ。

この発言を機に交渉は決裂し、佐渡島は泥沼の内戦状態へと陥ることになる。当の沢根本間は長く本間氏の底辺で抑圧されてきた反動から失策を犯したと悟ったが、時すでに遅しであった。運命の歯車は回り、本間氏を滅びの道へと転がし始める。

余談だが現代日本の刑法に於いても外患誘致《ゆうち》罪は定められている。外患誘致とは外国の勢力と通謀《つうぼう》し、自国に対して武力行使させる国家反逆罪の一つであり、この売国行為に対する量刑は死刑のみである。

未だ適用された例はないのだが、連座制の廃された現代司法に於いて最も重い刑罰を科すことからも、国家の存亡を揺るがす重罪と考えられていることは疑いようもない。

この佐渡島に於いて足満たちはまごうかたなき外患であり、これを内に招いてしまったことがどのような結果を齎《もたら》すかを知れば、死刑反対論者とて口を噤《つぐ》むことになろう。

「我らは外様《とざま》、あくまで本間のいくさは本間の手によって決着を付けねばなるまい。お前たちが先頭に立たねば始まらない」

保たれていた佐渡島の均衡を根底から破壊し、戦乱の渦へと叩き込んだ足満はそう言ってのけた。足満たちは後方から督戦及び援助はするものの、あくまで主役は沢根本間でなくてはならないとし、沢根本間は矢面に立たされることとなった。

こうして沢根本間と残る本間氏との対立構造が成立し、沢根本間は常に最前線ですり潰され続けた。最初こそ我こそが本間の頭領たらんと血気盛んであったものの、足満の援護は消極的であり、自軍の損耗がかさむに連れて不信が募ることになる。

対する足満は自分たちが活躍しては本間のいくさとならぬと後方に留《とど》まり続け、逆立ちしても足満たちに勝てない沢根本間は手を組む相手を間違えたと臍《ほぞ》を噬《か》むことになった。

更に足満は沢根本間に敵の投降を許さないことを要求する。建前上は捕虜を養えるだけの余裕がないとのことだったが、女子供や老人に至るまで例外なく扱うとあって、沢根本間は震え上がった。

周囲を海で隔てられた島などでは人々は互いに助け合いをしなければ生活が成り立たない。そのため互いに争ったとしても暗黙の了解としてやりすぎに対する禁忌が存在する。

たとえ鼻つまみ者であろうとも村八分と言って、火事と葬儀の時だけは助けるといったものが最たるものだろう。そして次代を担う女子供を無差別に手に掛けるなどということは明確に禁忌に抵触する事項であった。

しかし、既に賽《さい》は投げられてしまった。既に他の本間氏と対立してしまった以上、足満の協力を得られなくなれば他の本間氏は沢根本間を赦《ゆる》しはしないだろう。

行くも地獄、戻るも地獄ならばと沢根本間は足満の要望を呑んだ。それが本間一族全体の破滅を決定付ける最後の一押しになることに、沢根本間はとうとう気づけなかった。

足満による族滅の最初の犠牲となったのは河原田本間であった。雑太本間による仲裁が決裂して以降、それぞれがいくさ支度をする前に機先を制する形となる。

河原田本間は他の本間氏による増援を期待し、河原田城に籠城をするという理にかなった判断を下した。しかし相手が己の防御力を圧倒的に上回る火力を具《そな》えていた場合、この戦法は成り立たない。

城門及び城壁を火砲で破壊され、こじ開けられた大穴から沢根本間の兵たちが雪崩《なだ》れ込み、更には自軍の火縄銃を上回る射程と精度の新式銃によって追い散らされた。

河原田城は瞬く間に陥落し、城主である本間佐渡守高統《さどのかみたかつな》は抗しきれないと悟ると、城に火を放って自刃する。そしてこの一戦によって捕えられた者は、赤子に至るまで皆一様に処刑された。

その非道な行いは命からがら逃げた者や、残る本間氏の斥候などによって周知され、沢根本間は本間一族の裏切り者にして不倶戴天《ふぐたいてん》の仇《かたき》となった。

この河原田城での虐殺を以て、沢根本間の当主である本間左馬助《さまのすけ》は地獄への片道切符を手に走り出す。

次に足満は沢根本間に島南部の最大勢力であった羽茂本間を攻めさせた。最前線に立って直接刃を交える沢根本間の兵たちこそ損耗するものの、羽茂城も然《さ》したる抵抗をすることなく陥落する。

河原田城での虐殺を知らされていた羽茂城主の本間高茂《たかもち》は近臣とともに、実弟が城主を務める赤泊《あかどまり》城へと落ち延びた。しかし間を置かずに追撃の手が掛かり、赤泊城もあえなく落城してしまう。

その際に城主一族は城を脱して船で海へ逃れようとしたのだが、前もって船団を移動させていた足満の手によって船を破壊され、赤泊港にて沢根本間の兵に捕縛され処刑された。

本間一族の二大勢力が潰《つい》えると、残る本間氏は次々と降伏を申し出る。しかしそれらが受け入れられることは決してなかった。降伏を許されず、負ければ女子供に至るまで皆殺しにされると追いつめられた彼らは死兵と化す。

文字通りに死に物狂いで抵抗してくる敵に沢根本間の兵たちは徐々に削られていった。こうして潟上本間、久知本間までが平らげられ、雑太本間も城主一族が処刑されたのを以て沢根本間による佐渡島統一がなされる。

その際に最後のいくさに於いて指揮を執っていた沢根本間当主の左馬助が、流れ弾によって討ち死にを果たし、勝者不在のまま本間一族の四百年にも及ぶ歴史は幕を下ろすこととなった。

このように外患という脅威は、文化も価値観も異なる者による侵略であり、未曽有《みぞう》の災厄となって降りかかる。佐渡島に破滅を齎した外患である足満は、つまらなそうに鼻を鳴らすと本土から織田家の代官を招いて従うよう沢根本間の残党に命じると、佐渡島を後にした。


処は変わって、今まさに尾張《おわり》港へと一艘の安宅《あたけ》船が入港しつつあった。尾張港は日ノ本有数の巨大な港であり、港湾施設が充実しているため大型船舶が何隻も停泊して賑わっている。

港に連なる港湾都市も拡張に拡張を重ねた結果、港を中心とした扇状の大都市となっていた。

ここでは日々多くの船が行き交い、それに伴って莫大な金が静子の懐へと転がり込む。

北は東北地方から、南は九州に至るまで太平洋側に位置する様々な場所からひっきりなしに船が訪れては出ていく。開設当初の尾張港は中部及び東海地方と堺《さかい》を結ぶ地方港に過ぎなかった。

しかし織田家の勢力が拡大するにつれ港湾設備は充実し、それに反比例するように税率が低く抑えられたため瞬く間に日ノ本有数の貿易港へとのし上がっていくことになる。

更には尾張にしか存在しない特産品の品目が充実するに連れて、紀伊半島を挟んで西の堺に対して東の尾張と呼ばれるようになっていった。

今では工業化が推し進められた末に機械化された港湾設備によって、名実ともに日ノ本一の処理能力を持つ港だと言えよう。神戸港が開設して以来、定期便も開通して西国との流通量が増えた。

この確立された航路に便乗して四国を統べる長宗我部《ちようそかべ》とも定期便によって結ばれる。そうした中、今まさにもやい綱によって係留された船の甲板に出ていた竹中半兵衛《たけなかはんべえ》と黒田官兵衛《くろだかんべえ》は、開いた口が塞がらなくなっていた。

「こ、これが尾張港……。安宅船ですら巨大だと思っていたのに、この港に停泊している船はどうだ！　まるで巨人の国を訪れたのかと思わせる……」

尾張港に停泊している船舶は、九鬼《くき》水軍からの払い下げのものや、試験的に造られた末に民間へ放出されたものも多く、外輪船などは見た目からして異質であるため彼らの目を惹いた。

更には大型の動力クレーンがコンテナを積み下ろしする様は、巨人の腕《かいな》が動いているようにも見える。その腕が運んだコンテナから搬出される荷物を次々と呑み込んでいく巨大な倉庫は、さながら巨人の口であった。

日ノ本最先端にして東国最大の物資集積地、それが静子の、延《ひ》いては信長が支配する尾張港であった。

「お伽噺《とぎばなし》のようでしょう？　これら全てを実質的に差配しておられるのが静子殿となります。名目上は織田の若様（信忠《のぶただ》のこと）の直轄ということになってはいるのですが、完全に委任されているようです」

「なんと……」

それまで安宅船の船長と何事かを話していた羽柴秀長《はしばひでなが》が訳知り顔で官兵衛に語ってみせる。目から入ってくる情報だけで圧倒されていた官兵衛は、これほどの規模の港が生み出す富がどれほどになるか想像もつかなかった。

それらを一手に握る者ならば、有馬《ありま》開発に巨費を投じるという話も頷《うなず》ける。

「ここ尾張を仕置《しおき》（所領統治全般を指す）されているのが静子殿、美濃《みの》の統治及び尾張の監督をされているのが若様と思って頂ければ解りやすいかと」

「女人でありながら、これほどの領地を任されておられるのですか!?」

「しっ、大きな声を出されますな！　誰かの耳に入れば大事になってしまいます。ここ尾張は静子殿が滅私奉公をして育て上げられた地、ゆえに民の誰もが彼女を敬っておりまする」

「血の気が多い船人たちならば、口より先に手が出ますな」

秀長は初めて尾張を訪れる官兵衛にそう助言した。静子本人は公然と罵倒されでもしない限り、陰口については当然あるものとして気にもしていない。

しかし、彼女を信奉する者からすれば赦しがたい暴挙となる。実際に向こう見ずな若い船員が、公然と静子のことを批判した際には、年かさの船員総出で海へと叩き落とされるという事件が起きている。これだけならば笑い話で済むのだが、愛知用水によって貧困のどん底から救い上げられた知多半島に住む者たちの耳に入れば恐ろしいことになる。

彼らにとって静子は救い主であり、明るい未来の象徴的存在であるため、それを汚《けが》す存在はあらゆる手段を以て排除される。つまりは良くて袋叩き、悪ければ二度と日の目をみることが叶わなくなるのだ。

「こうして立ち話をするのも悪くはないですが、まずは宿へ向かい腰を落ち着けましょう。その後は皆で食べ歩きとしゃれこみますか」

「我らは物見遊山にきたわけでは……」

官兵衛が抗弁しようとするが、秀長は聞く耳を持たずに先立って歩き始める。嘆息する官兵衛を励ますように肩を叩いた半兵衛がそれに続き、渋々官兵衛も歩を進めた。

しかし宿に荷物を置いて街へと繰り出した一行のうち、最も浮かれて皆を引きずり回すことになるのは誰あろう官兵衛であった。

翌日、見るもの全てが目新しく興奮冷めやらぬ官兵衛と、お上りさんの世話を半兵衛に押し付けてちゃっかり休暇を満喫した秀長は、明らかに疲れが隠せない様子の半兵衛を伴って静子邸へと向かっていた。

秀長一行は静子邸に到着すると湯浴《ゆあ》みをするよう促され、静子の準備が整うまで控えの間にて寛いでいる。当初の予定では昼過ぎに面会であったのだが、噂に名高い静子邸を一目見たいと官兵衛が言い出したため、予定を繰り上げられないかと打診したのだ。

当の静子は昼餉《ひるげ》の時間であったため、一緒に会食をと考えたのだが彩《あや》に却下されてしまう。そこまで破格の厚遇をしては、相手に誤った認識を持たれてしまうのと、ただでさえ忙しい静子にせめて昼餉ぐらいはゆっくりと取ってほしいという思いからであった。

「ほう！　これは良いお茶をお出しになる。香ばしくもふくよかな甘みが感じられますな」

官兵衛は緊張からそれどころではないのだが、静子の人となりを知る半兵衛と秀長は出された茶請けを頬張りつつ、茶を啜《すす》って寛いでいた。

それでも半兵衛は西国でのいくさが気にかかっているようだったが、秀長は完全に開き直っている。いくら気を揉んだところで尾張に居ては何も為せない、それならば尾張でしかできないことを為すべきだと秀長は考えた。

そうこうしている内にも秀長らが到着してから半刻（約一時間）ほどが経ち、静子の準備が整ったと小姓から告げられた。ことがここに至って腹が据《す》わった官兵衛は、一息に茶を飲み干すと立ち上がり、一行は謁見の間へと案内される。

謁見の間では既に静子が待っており、秀長一行は伏してそれぞれに挨拶の口上を述べると揃って面を上げた。

秀長の斜め後方に座している官兵衛は、秀長の肩越しに初めて目にする静子の姿に見入っていた。最初に抱いた感想は思いのほか小さいということだった。

戦国の世に於いては大女の部類に入る静子だが、彼女の業績や逸話が先行した結果、誰もが彼女を大柄な女傑だと思い込む節がある。

実際の静子は農作業から解放されたためか、優し気な面持ちもあってほっそりとした手弱女《たおやめ》に見える。濃《のう》姫などのような一目見て分かる威厳も感じられないため、官兵衛は本当に彼女が立志伝中の人物なのかと首を傾げた。

しかし落ち着いて周囲を見回せば、彼の疑問が的外れであったことはすぐに理解できた。彼女に仕える者たちは見るからに覇気に満ち、己の職責に誇りを持っていることが窺《うかが》える。

五摂家の姫であるという立場や、信長《のぶなが》の寵臣《ちょうしん》であるというだけでは配下の士気は上がらない。心より尊敬できる相手に仕えるからこその表情であった。

（彼らは本当に静子殿に心酔しているのだろう。利のみを以て味方を作るのは容易《たやす》いが、情でも結びついた関係は強固となる。確かに恐ろしい御仁だ）

基本的に主従関係というのは利によって成される。主人から与えられる利があるからこそ、ご恩を以て奉公するのである。主人が自分及び自分の一族を守ってくれるからこそ、主人に命を懸けて尽くすのだ。主人が配下に利を与えるのは当然として、更に人徳を以て配下から敬われればその結びつきは更に堅固なものとなる。情による結びつきは時に損得勘定を超えた行動を促すからだ。損得で測れない相手は軍師の立場からすればやりにくい。

「お待たせしました。お久しぶりとなりますが、お変わりありませんか？」

「はっ！　お陰様で兄共々変わりなく過ごしております。急な申し出に応じて頂いた上に、更に余計なお時間をお掛けするわけにも参りませぬ。早速本題に入ってもよろしいでしょうか？」

「そうですね、いくさの最中《さなか》に世間話は無粋でしょう。本題とは有馬開発についてですね」

静子の口から有馬という単語が出てきたことに官兵衛は驚愕していた。具体的な地名を挙げられるほどにはこちらの手の内が読まれ切っているのだ。それでなくとも支援を請う側であるため立場が弱いというのにと気が急《せ》いてしまう。

一方秀長は静子に心の内を読まれることなどいつものことと開き直っており、「流石《さすが》は静子殿、ご賢察であられる」などと追従する余裕すらあった。

「仰《おっしゃ》るように有馬の開発にご支援を賜りたく参りました。幸いにして神戸港は順調に滑り出しましたが、付近の播磨《はりま》や摂津《せっつ》にこれといった魅力がありませぬ。そこで摂津は有馬の地に湧く温泉を利用できぬものかと」

秀長の言葉を聞いて静子は尤《もっと》もだと首肯する。実際に秀吉《ひでよし》及び秀長兄弟は今浜（現在の長浜）の統治に関して何度も失敗している。そこには御座所である今浜のみが富めば良く、他は適当で良いという視野の狭さがあったのだろう。

今までの苦い経験を踏まえ、秀吉は播磨や摂津一帯を巻き込んでの経済圏を盛り上げる必要があると考えた。ただし構想は大きくとも先立つものが無い。そんな折に静子が神戸港の開発を打診してきたため、一も二もなく食いついたのだ。

静子が手掛ける港となれば利に聡い商人たちが放っておくわけがない。果たして秀吉の読み通り、神戸港はかつての寒村だった頃の面影すらないほどの繁栄を見せている。しかし、港だけで領地全体が富むわけではない。

神戸港は九州と堺とを結ぶ中継地であり、継続した発展を願うのであれば港周辺の地域に特産品なり、遠くからでも足を運びたいと思わせる景勝地なりが欲しい。そこで静子の村も当初温泉で名を揚げたことに思い至り、有馬の地に白羽の矢を立てた。

「事情は解りました。確かに有馬は良質の温泉が湧いており、開発すれば良い湯治場になるでしょう」

静子としても有馬温泉の開発は魅力的であった。現在でも関西の温泉と言えば真っ先に名が挙がるほどに有名であり、史実に於いても秀吉と有馬温泉には密接な関係がある。

史実通りであるならば近い将来近畿一円を襲うことになる『慶長伏見地震《けいちようふしみ》』の後、有馬温泉全体の湯温が上昇してしまい入浴に適さなくなるという事件が起こっている。

これを憂いた秀吉は地震の翌年から大規模な改修工事を行い、有馬温泉の泉源に手を入れている。これによって湯温は落ち着き、またある程度の調整ができるようにもなった。

そしてそれ以降、有馬温泉は現代に至るまで泉源に対して工事を行っていない。秀吉の決断が有馬温泉の繁栄を支えたと言っても過言ではないだろう。

「とは言え、問題がないわけでもありませんね」

静子には有馬温泉の開発を行うに当たって懸念する問題が一つあった。秀吉の内部事情を把握している半兵衛は静子の言葉を耳にして難しい顔を作るが、事態が呑み込めていない官兵衛は首を傾げている。

これは早い段階から秀吉に臣従し、苦楽を共にしてきた者と、播磨侵攻によって新たに配下となった者との差であろう。秀吉と言うよりも羽柴氏一門が抱える積弊《せきへい》（長く積もり重なった害）とも言えた。

「仰ることは解っておりまする。問題は有馬ではなく、我々にこそあるということも」

苦い沈黙ののち、半兵衛はその理由を口にした。

千五百七十七年　四月上旬　二

秀吉が抱える問題とは『静子に頼りすぎた』という点に集約される。静子は織田家相談役に就任して以降、様々な立場の人々から相談を受けていたのだが、その中でも秀吉からの問合せが突出して多かった。

自身の領地である今浜（現在の長浜）の運営に躓《つまず》いた際に安易に頼ってしまったのが発端なのだが、劇的な効果を齎すカンフル剤にも等しい静子の経済対策は自分の打ち出す施策との差異を浮彫にしてしまう。

これがため自分の施策に自信が持てず、大きな決断を迫られるたびに静子に意見を求めるようになり、その姿勢を見た織田家家中の口さがない者たちは秀吉のことを静子の操り人形だと揶揄《やゆ》した。

そうした中、ようやく播磨平定に於いて際立った成果を挙げたことで秀吉が見直されつつあった。乱世に於いてはいくさ上手であるということが非常に大きな意味を持つためだ。

こうした経緯を踏まえたうえで、有馬温泉開発に再び静子の助力を求めることは秀吉の評価を下げることになるのではないかと静子は危惧していた。

「神戸港の開発に関しては、私の発案であるため各方面に根回しをしております。しかし、当然ながらそこに有馬温泉開発は含まれておりません。突如として降ってわいた案件に私が絡むと、羽柴様の面子《メンツ》を潰すことになりませんか？」

神戸港は静子の肝煎《きもい》り案件であり、朝廷方面に関しては近衛《このえ》家の、武家社会に関しては信長のコネを存分に用いて根回しを行った。それ故に神戸港開発に対して表立って文句を言えなかった者たちが、ここぞとばかりに声を上げる可能性があった。

腹芸に長《た》けた秀長は、静子が言うまでもなくこうした状況を理解していた。しかし、有馬温泉開発という巨大プロジェクトを円滑に推進できるのであれば、名を捨ててでも実《じつ》を取る必要がある。

「確かにようやく見直されつつある兄の評価は、再び地を這うことになるやもしれませぬ……とは言え背に腹は代えられぬのです」

有馬温泉開発の結果として生み出されるであろう富は、こうした不都合を呑んでも余りある利を秀吉に齎すと秀長は判断していた。彼らは知り得ないことだが、この苦渋の決断に対して追い風となる動きもある。

「これはまだ開示されていない話になりますが、実は長宗我部殿の領土に港湾都市を設ける計画がございます。更には商《あきな》いに立ち戻った雑賀衆《さいかしゅう》と連携し、内陸から河川を通じて堺を経由し神戸とを結ぶ一大商圏を構築する構想になっています」

「そこまで大きな話が伏せられているのは何故《なにゆえ》でしょう？」

　黒田官兵衛が当然の疑問を口にした。その問いに対して静子はどう説明したものかを考えあぐね、『百聞は一見に如《し》かず』だと判断して小姓に地図を持ってくるように命じる。少し間を置いて、この時代では異例の精度を誇る畿内から中国地方、四国を経由して九州までを描いた地図が届けられた。

　静子はこれも小姓に用意させた長机一杯に地図を広げると、秀長たちにこれを見せるべく手招きした。当時の価値観に於ける地図と言えば秘中の秘であるため、官兵衛は尻込みしてしまったのだが秀長や半兵衛が応じたのを見て彼らに倣《なら》う。

「地図を見て頂ければわかると思いますが、内陸と堺とを結ぶ動線を塞いでいる栓が本願寺です。彼らが退去すれば北陸から今浜、琵琶湖を経由して宇治川、淀川を通じて内海へと出られるのです」

　静子は北陸に位置する越後へと指を置き、越中と能登《のと》の間を抜け、加賀、越前を経て琵琶湖のある近江《おうみ》へと指を滑らせる。そのまま琵琶湖の南端から河川を辿って、途中巨椋池《おぐらいけ》を経由し大阪湾へと抜けた。

　静子がなぞった経路は日本海側と太平洋側を結ぶ、巨大な流通経路として浮かび上がる。従来は全てを陸路で賄《まかな》うか、北回りであれば津軽海峡を抜けて大きく迂回する、もしくは南回りで関門海峡を抜けて回り込み瀬戸内海を経由する必要があった。

北陸地方こそ陸路ではあるものの、残りを水運で一直線に結ぶ新流通路は凄まじい時間の短縮を実現する。時間が短縮されればそれだけ費用を抑えることが出来、この流通路が生み出す権益は莫大なものとなることは想像に難《かた》くない。

「長宗我部殿が治める土佐に港湾を整備する理由は明確です。織田の支配圏を結ぶ流通路を面従腹背の姿勢を貫く堺に握らせるわけにはいかない。少なくとも堺を排除しても成り立つ航路を成立させるべく、尾張から紀伊を経由して土佐を結び、そこから更に遠方の明《みん》（現在の中国）や南蛮との交易を実現します。ひとまず筑前までを結ぶだけでも西国の流通を支配できるでしょう」

本州と四国を結ぶ瀬戸大橋や明石《あかし》海峡大橋、瀬戸内しまなみ海道の本州四国連絡橋は当然この時代には存在しない。大量の陸上物流を実現する鉄道は視野に入りつつあるが、海が隔てる地域を結ぶには海運に頼るしかない。

とはいえ一人勝ちしすぎると疎《うと》まれるのは世の常であるため堺を商圏に組み込んでいるが、急所を握ったと思いあがらせないためにも他の経路を同時に開発する必要があった。

「……なるほど。既に毛利《もうり》との戦役後を見ておられるのですね」

静子の語る言葉から官兵衛は、毛利の滅亡を確定事項としていることに気が付いた。彼女は毛利の敗北を疑っていない。多少は苦戦を強いられるかもしれないが、負けることなどあり得ないと確信している。

彼女の自信はどこから来るのかと疑問を抱いた官兵衛だが、彼女の経歴を振り返れば見当がついた。静子の挙げた最大の武功と言えば武田信玄《たけだしんげん》との決戦になるが、それ以外ではそもそもいくさ自体をしていないことが解る。

更に言うならば初期の戦歴を見れば負けいくさの方が多い。それでも彼女が着実に勢力を拡大してきたことを考えれば、驚愕すべき事実が浮かび上がった。即ち『戦わずして勝つ』を体現しているのだ。

いくさに発展して切り結ぶまでもなく、それ以前の段階で決着をつけてしまい、敵対勢力の全てを併呑しているという事実に官兵衛は戦慄を覚えた。

「ええ、勿論です。皆さんは負けるつもりで戦っておられるのですか？」

「無論勝ちまする！」

秀長が少し食い気味に言葉を被せる。

「皆様が着実に勝利を積み重ねてくだされば、毛利討伐はなったも同然。後はそれが早いか遅いかだけの問題にすぎません」

静子の言葉を耳にした官兵衛は、思わず竹中半兵衛へと視線を向けた。彼も彼女の真意に気付いたようで、二人はしばしの間見つめ合う。静子が語った一大流通路は単に経済圏の確立にとどまらない。

（毛利包囲網……）

この巨大商圏が成立してしまえば、毛利は四肢をもがれることになる。如何に毛利といえども、周囲を敵に囲まれた上で経済からも締め出されれば抗《あらが》うことなど出来ようはずがない。

唯一織田家の支配が及ばない日本海側に出るには険しい山脈を越えねばならず、とても商売として成立しえない。この状況下に追い込まれた段階で、毛利は既に詰んでいるのだ。

「さて、本題の有馬開発についてですが、手がないわけでもありません」

「それは一体？」

「南蛮には『木を隠すなら森の中』という格言がございます。つまりはもっと大きな計画の一部に組み込んでしまえば良いのです。それを上様直々に宣言して貰えれば、私が援助する大義名分となりましょう。とはいえ溜め込んでいた金子《きんす》をかなり吐き出したため、すぐにご用意できるのは一万貫《がん》（現在の貨幣価値にして約十億円）ほどになります」

「一万!!」

思わず声を発してしまった官兵衛だが、続く言葉が漏れるのを無理やり抑え込んだ。彼は静子が中長期的に出資してくれるようになれば御の字だと考えていた。しかし、静子は即金で一万貫もの大金を用意すると言う。

如何に織田家の重鎮とは言え、一個人が独断で動かせる金額の範疇《はんちゅう》を超えていた。唐突に官兵衛は理解する。静子とは激流を抑え込む巨大な堰《せき》なのだと。彼女が一度動き出せば、途方もない規模の人・物・金が動くのだ。利に聡い商人たちが見逃さないはずだと舌を巻いた。

「確かに上様からお墨付きを頂ければ、否と言える者はおりますまい」

静子の協力を取り付けられそうだと判断した半兵衛はそっと胸をなでおろしていた。悪く言えば巨大商圏構築のおこぼれに与《あずか》る形となるが、繁栄を享受できるのであれば何ら問題はない。

「しかし、上様へとお話を持っていくとなれば、かなりの日数を要するのでは？」

「ああ、お伝えしていませんでしたね。御心配には及びません、折よく上様はこちらにご滞在中です」

信長に会うための段取りを模索し始めた矢先に、静子が爆弾発言を放り込んできた。まさかのニアミスに静子以外の面々が顔色を悪くしたのは言うまでもない。


信長が静子邸に逗留している理由は幾つかあるのだが、そのうちの一つに新たに用意させた通信機の試験運用をすることが含まれる。静子に無理を言って役目を終えて解体を待つばかりであった検証用の通信機を使えるようにさせた。

これを安土城へと輸送させた上で尾張と安土を通信で結び、どの程度の状況把握と指示を出すことが可能となるのかを確かめているのだ。

結果は上々であり、信長は尾張の静子邸で寛ぎながらにして安土で差配しているのと大差ない状況を生み出した。この革命的な通信手段は軍事だけにとどまらず、政治や経済といった生活に直結した分野すらも一変させ得ると確信する。

とは言え問題がないわけではない。未だに片手で数えられるほどしか配備できないことからも判るように、機材がそもそも高価であること。また通信を制御する技術者や、限られた時間でより多くの情報を正確に伝達する手順に習熟した通信手が少ないことなどがあった。

しかし、信長はこれら諸問題を楽観視している。日ノ本に鉄砲が伝来して以来、瞬く間に全国へと広まったように、これほどの利便性を齎す技術が支持されないわけがない。

電信は無限の可能性を秘めており、技術を独占しているがために時間を要することになるが、いずれは日ノ本各地を通信で結んだ情報網が出来上がるだろう。それには莫大な費用が必要となるが、信長にはそれらを補って余りある利益を生み出せる自信があった。

「ふむ、これで良かろう。状況が変わり次第連絡するよう伝えよ」

「ははっ！」

そう言うと信長は控えていた小姓に自ら認《したた》めた書類を託す。小姓がこの書類を事務方に預け通信様式に沿って清書をして貰ったのち、電信室へと運び込まれたそれは電波に乗って安土へと届くことになる。

今頃遠く離れた安土では、堀《ほり》が信長からの命令を目にしていることだろう。電信技術は未だ黎明期にあるため、通信品質が悪く男性の低い声では聞き取りづらい。そのため通信手はもっぱら女性が起用され、電信室は女性の職場となっていた。

通常であれば成立しえない状況なのだが、幸いにして尾張ならば高度な教育を受けた女性が数多く存在する。女性に学問は必要ないとされる世の中に於いて、尾張だけは特異点が如く女性の活躍し得る状況にあった。

信長はすっかり電信の世界に魅せられ、その利便性に耽溺《たんでき》していた。流石に重要人物との面会ともなれば、数日かけて安土へと戻る必要が出てくるが、それ以外であれば尾張に居ながらにして政務をこなすことが出来る。

『一所懸命』という言葉があるように、土地に執着して命を懸ける武士にあるまじきことながら、信長は土地に対する執着を失いつつあった。

（静子が電信を秘する理由がよく解ったわ。これは恐ろしい『力』ぞ。場所と時間を超越するなぞ、神仏にしかなし得なかった空想の世界が、我が物になるのだ）

信長は一人ほくそえんでいた。彼の頭の中では通信を利用した新たな戦略が形になりつつあった。そんな折に、猛獣の唸りにも似た音が信長の腹から響く。

信長は電信に夢中になるあまり、食事をとることも忘れて没頭していた。頭は興奮で冴えわたっていたが、ろくに燃料を補給されない体が先に悲鳴を上げたのだ。何が面白かったのか、信長はくくっと笑うと小姓に命じる。

「急ぎ食事の支度を整えるよう、静子に伝えよ」

「は、ははっ！」

小姓は信長の言葉を受けるや否や、文字通りすっ飛んで行った。

「こんな中途半端な時間に……」

信長の所望を伝えられた静子は思わず頭を抱えていた。主君である信長をもてなすに当たって、当然ながら昼餐《ちゆうさん》は準備されていた。しかし、それを信長は「要らぬ！」と一言で切って捨て、電信に夢中になっていた。

時が経ち冷えてしまった料理を出すわけにもいかず、それらは既に臣下の腹に収まってしまっている。更に今は昼餐と晩餐の合間という実に中途半端な時間であり、料理人たちも賄いを食べ終わり寛いでいたところであった。

そんな折に急いで飯の支度をせよと言うのだから堪らない。通常であれば晩餐まで待つ信長が、何を思ったのか間食ではなく食事をご所望なのだ。静子は亭主としてこれに応えないわけにはいかない。

近頃とみに食への拘《こだわ》りを強めている信長の食事は難しい。思考が鈍るからと酒を好まない代わりに茶を求め、様々な食材に対して独自の拘りを発揮する。

基本的に濃い味を好むが、野菜類に関しては煮物・炊きものよりも蒸し料理を好んだり、かと思えば肉料理を出す際には野菜にも強い味付けを要求したりもする。食事など腹に溜まれば何でも良いと言っていたころが懐かしい。

「仕方ないか、休憩中のところ申し訳ないけれど、料理人たちに支度するよう声をかけて頂戴」

「承知しました」

腹の虫が鳴くほどに空腹だった信長は、いつになく旺盛な食欲を発揮し、出される料理を片端から平らげた。更には信長の命により定刻通り催された晩餐にも顔を出し、常と変わらぬ食事をとった。

如何に健啖家《けんたんか》であろうとも流石に食べ過ぎであり、中年の域に達している信長は腹を痛めて寝込む羽目となる。

「……私は晩餐の時刻を遅らせるか、中止すべきだと言いましたよね？」

腹痛で寝込んでいる信長に対して静子は苦言を呈する。ばつの悪い信長はそっぽを向いて布団に包《くる》まると、静子の言葉を右から左へと聞き流す。

流石に信長が食べ過ぎで寝込んでいるとは言えないため、静子と内密の会談を行っていること にして人払いをした奥の間に引き籠っている。

「別に腹など痛めておらぬ。貴様が心配性なだけだ」

「はいはい。判りましたから、これを飲んで下さい」

あくまでも己の非を認めようとしない信長に対し、静子は抗弁を聞き流しながら湯呑《ゆのみ》を差し出した。即効性のある胃腸薬など存在しないため、静子が差し出した湯呑の中身は大根をすりおろしたものを布で漉《こ》し、少量の蜂蜜を加えて飲みやすくしたものであった。

さしもの信長も膨満感から来る吐き気には辟易《へきえき》していたのか、素直にこの簡易胃薬を飲み干すと再び静子に背を向けながら声をかける。

「ハゲネズミの手下が来ているそうだな」

信長の言うハゲネズミとは秀吉のことを指し、手下とは言うまでもなく秀長及び半兵衛と官兵衛を示している。猿に似ていることで有名な秀吉だが、信長は彼の貧相な顔立ちを指してハゲネズミと呼ぶこともあった。

肝心の秀長らは静子との会談の後、準備不足のまま信長に会うことを良しとせず、静子邸の一室を借りると頭を突き合わせて何事か相談を始めていた。

「今頃、上様にお話しできるよう準備をなさっているのでしょう。もう暫《しばら》くはかかりそうです」

「ふん、ようやく上向いてきた流れを余程断ち切りたくないと見える。ハゲネズミはこのところ鳴かず飛ばずであったからな」

信長の言葉通り、秀吉の懐事情は芳《かんば》しくない。とはいえ、これは秀吉に限った話ではなく、いくさをすればするほどに銭を失うのは世の定めであった。

いくさは軍を維持するだけで金が飛ぶように減ってゆき、たとえ領地を切り取ったとしてもそこから収益が上がるのは先の話になってしまう。辛うじて赤字を出していない光秀《みつひで》は稀有《けう》な手腕を持っているとさえ言えた。

「このところ安易に余剰資金を還流したため、己の統治が成功した要因だと思い込む方が増えておりまして……」

静子は東国征伐の準備をする傍ら、手元にだぶついていた余剰資金を織田領の各地でばら撒いた。

まさに外的要因によって降ってわいた好景気に気を良くした領主は、それを己の手腕によるものだと慢心する風潮が見られるようになった。

「捨て置け。その程度で勘違いする奴らは、己が痛い目を見ねば理解せぬ」

静子は己の至らなさを悔いていたが、信長は梃子《てこ》入れの存在すら察知できない者の資質を疑っていた。

「……良し。いずれにせよ、堺が過剰に富むのをけん制する意味でも有馬開発には意味があろう。あ奴らに金を出してやれ」

「承知しました」

「理由を問わぬのか？」

「私も上様と同様の結論を持っております。それに金を出す以上は、丸投げには致しません。是が非でも成功して頂き、そのためには口も手も出しますゆえ」

　静子の言葉を聞いた信長はにやりと笑みを浮かべた。静子としても信長からの命であれば否やは無い。更に直接口にはしないものの、凡《おおよ》そ考えていることは同じだと理解できていた。

　静子が融資をするとなれば、窓口となる御用商である『田上屋《たなかみや》』が店を出すことになる。既に全国規模の田上屋が現代で言う銀行業を担うのだ、有馬温泉の利権は既に静子が牛耳っているに等しい状態となるだろう。

「貴様のやりたいようにやってみせよ」

「お任せください」

　信長の信任を受けた静子は、目線を合わせようとしない信長に深々と頭を下げて見せた。

　翌日になり、秀長は静子から信長の許可を取り付けた旨を伝えられる。自分たちの頭越しに事態が進んだため秀長としては面白くないが、処世術に長けた彼はそれでも表面上を取り繕って見せた。

　不満をおくびにも出さず静子に丁重な礼を告げて秀長ら一行は尾張を後にする。彼らは尾張港へと到着すると、折よく出航間近であった神戸へ向かう船に乗り込み、船上の人となった。

「我らの杜撰《ずさん》な計画など不要だと言われたようで面白くはないが、我らが役目を果たせたことには変わりない。それも法外なまでの好待遇の融資を取り付けられたおまけつきだ」

　秀長は甲板に出て海面を眺めながら、隣でずっと渋面を浮かべている官兵衛に話しかける。船が湾内を出て安定航行に入った処で、秀長が暇を持て余していた官兵衛を甲板に誘ったのだ。

　一人残された半兵衛は船酔いしない体質を良いことに、尾張で仕入れた書物を読み込むことに決め込んだようで、秀長の誘いをやんわりと断っている。

「初期費用として一万貫。更に事業計画を策定して提出するのと併せて、半年に一度静子殿の指定する会計報告とやらを出せば、更に追加で二万貫をご融資頂ける、か」

「話が旨すぎますな。これに裏がないはずがありませぬ。それにかの会計監査というのが曲者《くせもの》です。我らの懐事情が筒抜けではありませぬか！」

「しかし、それを呑まねば有馬開発自体が『絵に描いた餅』となろう」

官兵衛は会計報告の見本として渡された冊子と、複式簿記の基本が記された書籍を前に絶望的な表情を浮かべる。実務に携わるつもりが無いためか、秀長は会計報告を圧倒的に甘く見ていた。

簿記を少しでも学んだ方ならお分かりになるだろうが、日本語と四則演算ができれば簿記の3級程度なら高校生レベルの学力で充分取得が可能である。しかし、戦国時代に於いては高校生程度の学力というハードルが既に相当に高いのだ。

なんだかんだと無理難題を押し付けて融資を断るつもりかと思えば、不安があるのであれば会計に明るい人員を派遣、教育まで面倒をみてくれると言う。官兵衛には静子の狙いが何処《どこ》にあるのか皆目見当がつかなかった。

（読めぬ……これをすることに何の利があるというのだ？）

官兵衛が理解できないのは仕方ない面もある。会計報告というのは企業のとある基準日時点で見た際の業績評価であり、語弊を恐れずに言うならば通信簿に近い。

ＭＧ研修の薫陶《くんとう》を受けている静子からすれば、過去の成績にとどまらず未来を語れる経営者となって欲しいという思惑があるが、何事も一足飛びに実現することは難しい。

このため、統一された評価基準で事業運営を評価できる会計制度の導入を要求したのだ。これは出資者である静子のためだけでなく、経営者となる秀吉にも利のあることなのだが、商家ならぬ官兵衛にそこを理解しろというのは酷であろう。

「何はともあれ、良い刺激になったでしょう。して、静子殿をどう見ました？」

まるで官兵衛の心中が見えているかのようなタイミングで秀長が問いかけた。秀長が他者の心の機微を察する力に秀でていると知ってはいても、毎度驚かされてしまう。

「なんとも掴みどころの無い御仁ですな。人の上に立つ者としての覇気などは微塵《みじん》も窺えぬというのに、遥か遠くを見据えているような物言いをなさる。正直底が見えませぬ」

「ふふふ。初顔合わせで見抜けるほど浅い御仁ではありませんよ。なあに、これから嫌でも長い付き合いになります。じっくりとその目で見定められるが良いでしょう」

「それにしても、海の物とも山の物ともつかぬ事業にポンと一万貫を出すなど正気の沙汰とは思えませぬ。さしもの静子殿にしても一万貫は大金でありましょう？　銭を失うことを恐れておられぬのでしょうか？」

「はした金とは申しませんが、彼女からすれば全てを失ったところでそれほど痛くないのでしょう。静子殿の本質はどこまで行っても百姓なのです。不毛の大地に挑んで種を蒔《ま》き、大きく実った処を収穫するため、投資をすることを躊躇《ためら》われませぬ」

「種を蒔き、水をやった上で手を掛けてやらねば実りを得られぬと？」

「神戸港の事業をご覧なさい。あれこそがまさに彼女のなさりようの最たるものでしょう。種を蒔かないことには芽が出ぬのです。そうであれば種を蒔き、手を掛けてやることこそが最短だとご存じなのですよ」

まるで見透かしたように笑いながら秀長が言う。港湾を作るというのは一大事業であり、秀吉にしても豪商や有力者から資金を募っている。ところが静子はそれを単独で賄い得るのだと言うのだ。

それほどの資金力を持っているというのに、静子邸の佇《たたず》まいは慎ましく、本人にも華美なところがまるでない。まるで我欲を臭わせない静子の人となりに触れて、官兵衛はそんな人間がいるものかと実に胡散臭《うさんくさ》く感じていた。

「それほどまでに資金力があるのなら、有馬の事業を乗っ取られてしまうのではありませぬか？」

「静子殿にその気があればいつでも出来るでしょうね。それゆえにこそ、決して無体な真似はなさいませんよ」

出来るからこそしないという、秀長の言い分が官兵衛にはまるで理解できなかった。秀長がすっかり静子に取り込まれてしまっているように見えた官兵衛は、己だけでも騙されまいと眉に唾する心積もりであった。

「警戒するなとは言いませんが、頭から疑ってかかると本質を見落としますよ？」

「ご忠告痛み入ります」

そう返事をした官兵衛は秀長に背を向けると船室へと戻っていった。言葉とは裏腹に態度を硬化させた官兵衛を見て、秀長は一人ほくそえんでいた。

「これは面白くなりそうですね」

秀長の呟《つぶや》きは船上を吹き抜ける風に乗り、誰の耳にも届くことなく消えていった。

静子は自身の邸宅に引き込んでいる温泉を管理しているだけでなく、岐阜にある下呂温泉など幾つかの有名な温泉地に対しても開発・整備に乗り出して運営権を得ている。

とはいえ尾張を領土とする静子に対して飛び地となる下呂温泉など管理しきれるはずもなく、現地に代官を派遣して管理を任せる経営者兼出資者という奇妙な立ち位置にあった。

信長自身が湯治を好んでいることは周知の事実であり、静子が運営しているということから温泉地は良好な治安を保っている。信長も利用する温泉地で無法を働こうものならば、彼の逆鱗《げきりん》に触れることは疑いようもない。

下呂温泉は摂津国《せっつのくに》（現在の兵庫県）の有馬温泉、上野国《こうずけのくに》（現在の群馬県）の草津温泉と並んで天下三名泉に数えられる。

下呂温泉の源泉は平安時代には発見されていたとされ、古くは湯島と呼ばれていた。この源泉は飛騨《ひだ》川沿いに湧く噴泉池であるため、洪水の影響を受けやすいという問題がある。

史実に於いて幾度も氾濫の被害を受け、江戸時代の安政年間から昭和初期まで温泉が廃《すた》れていたという。

下呂温泉が氾濫の影響を受けやすいことを知らされた信長は、元々温泉地を管理していた信忠配下の臣に対策を講じるよう命じた。

困り果てた家臣が、河川整備や温泉整備に関して定評のある静子に救いを求めたのは、自然な流れであったろう。幸いにして岐阜は近いため、静子は大型土木機械や黒鍬《くろくわ》衆なども派遣して支援を行った。

その際に多くの技術支援や金銭的支援まで行ったため、温泉運営に関して多くの権利をも得ることになったという経緯があった。

乱世に於いて怪我《けが》の治療に効果的とされる湯治は織田家に於いても人気の施設であった。温泉を自宅にまで引き入れている静子は別格として、織田家家中で頻繁に温泉を利用しているのが森《もり》可成《よしなり》であった。

可成が温泉をよく利用するのには理由があった。彼はいくさに於いて肩に大怪我を負ったことで家督を譲って隠居しており、そんな可成の忠義と献身を評して信長は温泉利用の御免状を与えたのだった。

これは織田家に与《くみ》する温泉施設であれば、どこであろうと可成及びその同伴者は自由に利用でき、またその費用は全て織田家が賄うと約束したものであった。

可成は少し前まで静子の後継者である四六《しろく》の教育係を務めていたのだが、四六が静子の学校へ通える年齢に達したことでお役御免となった。悠々自適の余生を手に入れた可成は、御免状を片手に各地の温泉を巡る旅をしている。

「実に良い湯だ」

この日は下呂温泉を訪れていた可成は、旅の疲れを溶かすかのような湯の心地よさに大きく息を吐いた。

彼は十人近くが一気に入れるほどの湯舟と、温泉から見える周囲の風景を独占するという贅沢を満喫している。

四六の教育係に就任した折、可成はその居を静子邸に移した。家督を彼の長男である可隆《よしたか》に譲ったため、妻のえいも伴って尾張へと移り住んでいた。

温泉旅行を巡る旅には、えいも同行して夫婦水入らずの旅となることも多いのだが、今回はえいの都合が合わずに一人旅となったのだ。

下呂温泉はアルカリ性単純泉であり、肌への刺激が少なく、疲労回復に効果があるとされる。

詳しいｐＨ《ペーハー》値は判らないが、静子が自作のリトマス試験紙を用いて測った限りでは中性に近いアルカリ性を示していた。

リトマス試験紙とその反応は小学校の理科で習うため、多くの人がその性質を知っているだろう。

リトマス試験紙のリトマスとは、試料として塗布されている液体の材料となるリトマスゴケという地衣類に由来する。ｐＨ値の判別は色の変化によってなされるため、厳密な数値として得られるわけではない。

中性であれば試験紙本来の色が現れ、酸性に傾けば赤色を呈し、アルカリ性ならば青く染まる。リトマス試験紙は赤と青の２種類があるように思われるが、あれは同一の試験紙を酸性もしくはアルカリ性の試薬に浸して反応させたものをそれぞれに利用しているだけだ。

静子自作のリトマス試験紙なのだが、原料となるリトマスゴケが日ノ本に存在しないため、似たような特性を持っているウメノキゴケを代用して製造されている。

ウメノキゴケは日ノ本全土に広く分布しており、名前にあるように梅の木の表面等でよく見られる。この種の地衣類は酸性環境や硫黄に敏感であるため、現代ではこの性質を利用して大気汚染を測る指標とされることもある。

リトマス試験紙の作り方は簡単なのだが、とにかく根気が必要となる。ウメノキゴケから色素を抽出するにあたり、採取したウメノキゴケからゴミを除去して乾燥させた後に粉砕する。

得られたウメノキゴケの乾燥粉末をアンモニア水に入れてよく混ぜた後、過酸化水素水（消毒薬であるオキシドールの成分）を加え、水分が蒸発しないよう蓋をして暗所で保管する。

その後は一日数回かき混ぜるのを一か月以上に亘《わた》って繰り返すのだ。この作業を繰り返すと液の色が濃い赤紫色に染まり、アンモニア由来の臭気が薄れてくる。

この液体を布で漉せば色素液が得られ、これをわら半紙のような生成《きな》り色の紙に染み込ませて室内で干せば完成だ。

こうして出来た紙を強アルカリ性を示す１％程度の水酸化ナトリウム溶液に浸せば強い青色に変化する。同様に１％程度の酢酸溶液に浸せば赤色を呈する。

これらの紙を自然乾燥させれば赤と青のリトマス試験紙が出来上がる。これらを適当な大きさに切り分けて利用することで、酸性とアルカリ性を判別する。

こうして得られたリトマス試験紙は、主に土壌が酸性かアルカリ性のどちらに傾いているかを判断するのに用いられる。静子は泉質を判断するのにも用いているようだが、多くの人々は温泉のｐＨ値を測定することに何の意味があるのか知らない。

「湯治によって随分と肩の具合が良くなった。手の震えも収まってきたしの」

左手で右肩を揉みながら可成は呟いた。彼は宇佐山の戦いに於いて肩を負傷したことにより、腕に障害が残ってしまった。

怪我からの回復直後は日常生活にも支障をきたしていたのだが、根気よくリハビリに励んだことにより今ではかなり回復している。

三方ヶ原《みかたがはら》の戦いに於いて彼が曲がりなりにも参陣できたのは、過酷なリハビリに耐えて機能回復に取り組んだ結果だろう。

その折に己の全てを出し切れたことから、彼はその後槍を手にしていくさに赴くことは無くなった。

「完治とはゆかずとも、満足に動かせるようになれば愚息に稽古の一つもつけてやれようというものだが、それは高望みやも知れぬな」

「失礼いたします。森様、お湯加減は如何《いかが》ですか?」

温泉を満喫している可成へ、やや線の細い少年が声をかけてきた。少年の名は七助《しちすけ》と言う。

かつて山中で華嶺《かれい》行者に命を救われ、静子の許へ身を寄せて様々なことを学びつつ、可成の小姓を務めているのだ。

静子邸に来た当初は、困窮していた上に拉致監禁されたことも相まって、ガリガリに痩せこけた小汚い風貌になっていた。

しかし、身なりを整えて栄養状態が改善されれば容姿端麗《ようしたんれい》な美少年の姿を取り戻した。

残念ながら体格に恵まれないため、口さがない者からは女のようだと揶揄されることもある。

しかし謹厳実直《きんげんじつちょく》を絵に描いたような、彼の働きぶりを評価する者も多い。

「実に良い塩梅《あんばい》だ。其《そ》の方《ほう》も後で浸かると良いだろう。天にも昇る心地とはこのことよ」

可成も彼を可愛がる者の一人である。彼は素直でまっすぐに自分を慕ってくれる七助を我が子のように可愛がっていた。

血の繋がった息子たちの手が離れて余裕のある今、彼を本当に養子として迎えんと打診したのだが、他ならぬ七助が「己の身一つでどこまでやれるか試してみたい」と辞したため話は流れてしまった。

「はっ。後ほど入らせて頂きます」

「謙虚よのう。あ奴にも七助の爪の垢を煎じて飲ませてやりたいぐらいだ」

呟きながら可成は重いため息を吐いた。あ奴とは可成の次男である長可《ながよし》のことだ。謙虚さとは無縁の長可の暴挙は、枚挙にいとまがない。

武士としては侮られるぐらいならば恐れられる方が良いのだが、さりとて長可のように暴力の代名詞が如く語られるのも困る。あれでも長可なりに加減しているというのだが、絶句してしまう。

部下からの信望が厚く、背中から斬られることが無さそうなのが唯一の救いだろう。

「勝蔵《かつぞう》様はその……勇壮なお方ですので」

「褒めずとも良い。あ奴は変に頭が回る癖に辛抱が足りぬ。『待て』が出来ぬ、躾《しつけ》のなっていない猛犬とはよく言うたものよ。静子殿ほどの知恵者にお預けすれば、そのお姿から学ぶものもあるかと思うたが、悪知恵がついただけとは嘆かわしい」

可成が評するように、長可は静子から様々な知識を吸収していた。静子の薫陶により『学んだ知識を咀嚼《そしゃく》して、実際に活用できる智慧《ちえ》に昇華してこそ力となる』と考えるようになったため頭脳は明晰なのだ。

法の抜け穴を見つけたり、牽強付会《けんきょうふかい》（自分の都合の良いように理屈をこじつけること）で他者を言いくるめたりする。明らかに自分に落ち度があったり、口で敵わない場合は腕力に訴えて黙らせることもある。

「しかし、刃傷《にんじょう》沙汰に発展しないよう角力《すもう》で決着を付ける制度を確立されたのも勝蔵様でございます。この一事だけでも常人には為しえない偉業でございましょう」

長可が制度化した決闘方法は本人同士の角力によって行われる。刃傷沙汰に及べば双方が罰されるため、罰則を回避せんと長可が始めたことが広まった結果だ。

あくまで角力によって己の我《が》をどちらが通すかを決めているに過ぎないとは長可の言である。だが、単純な力だけでなく一定のルールが定められている角力ならでは駆け引きがあるため、体格に優れ腕力がある方が単純に勝利するわけでもないところが味噌だ。

刃傷沙汰は取り返しがつかないため、生じた怨恨は長きに亘って禍根となる。片や角力ならば再選を挑むことも可能であり、健闘できずとも譲れない思いがあることを相手に示すことで周囲の理解を得られるという副次的な効果もあった。

信長としては諸手を挙げて賛成とはいかないまでも、優れた問題解決の手段として評価し、互いに起請文《きしょうもん》を提出させ約束を守る強制力を担保することによって支援していた。

「確かにそうだが、あ奴は褒めると調子に乗る」

「そんなことは……あるやも知れませぬ」

咄嗟に否定しようとした七助だが、長可の普段の行いを見る限りあり得そうだと思ってしまった。

「折角の湯治場でまで頭を悩ませることもあるまい。ゆるりと湯につかり世俗の垢を落として心身を癒そうぞ」

「承知しました」

長可も成人した以上は一人前なのだ、己の所業の責任は己で負うだろうと考え、可成は悩みを一時《いっとき》棚上げにして湯治を楽しむことにした。

千五百七十七年 四月上旬 三

武田領は未曽有の危機に瀕《ひん》していた。西からは織田軍が怒濤の勢いで攻め寄せており、退路となるはずの南方からは徳川《とくがわ》軍が着実に攻め上がってきている。

更には武田家を率いる勝頼《かつより》と領民の関係が著しく悪化していた。とくに武田領の西端付近、美濃との国境《くにざかい》近くの村では徴兵に応じないだけに飽き足らず敵国と通じて織田軍を領内に招き入れるまでに至った。

これは主に真田昌幸《さなだまさゆき》による調略の影響が大きいのだが、本来当主を補佐すべき一族衆を纏《まと》めきれず、領民を顧《かえり》みない圧政を敷いた勝頼にも問題がある。

こうした領内の状況は敵軍が迫るほどに深刻さを増し、遂には武田家一族衆筆頭である穴山信君《あなやまのぶただ》が織田家に寝返ったことを契機に組織が完全に崩壊した。

主家を見限った一族衆は織田軍を前にすると早々に降伏し、あるいは少しでも有利な戦後を迎えるべく織田軍に便宜を図る者も多く出た。

「名にし負う武田の命運も最早これまで。其方《そなた》は親元である北条《ほうじょう》へと帰るがよい」

勝頼は悔恨を滲《にじ》ませながらそう口にする。勝頼の許に織田軍が高遠《たかとお》城へと迫っているとの一報が届き、妻である北条夫人（北条氏康《うじやす》の六女とされるが、名は不明であるためこう呼称する）及び嫡子である信勝《のぶかつ》を後方の岩殿山城《いわどのやま》へと逃がそうと試《こころ》みた。

しかし岩殿山城を治める武田家譜代の家老衆であり武田二十四将の一人にも数えられた小山田《おやまだ》信茂《のぶしげ》は既に織田家に寝返っており、遣わせた先触れに対して受け入れを拒否する旨の返答が届くに至り勝頼は敗北を悟った。

退路を断たれた勝頼に対し息子の信勝は共に自刃するよう進言さえした。かつて信玄に仕えていた多くの武将が勝頼の許を去り、かつての主家に対し刃を向けることを良しとせず逐電するか、保身のために勝頼の居城である新府《しんぷ》城へと攻めてきている状況だ。

己と嫡子である信勝の首はいくさを収めるために必要となるが、同盟を結ぶための政略結婚であった北条夫人の首までは取られまい。そう考えた勝頼は妻へ実家に帰るよう告げたのだが、北条夫人は黙したまま静かに首を横に振った。

「北条より嫁いだ時からこの身は四郎様と共にございます。最期までご一緒いたしとうございます」

「……そうか」

妻の決意を耳にした勝頼は翻意を促そうとはしなかった。当主である勝頼が妻子を逃がそうとしたことから、新府城に詰めていた将兵たちも我先にと逃げ出しており、今となっては彼女を北条まで送り届けるだけの手勢すらままならない。

「既に織田軍は高遠城に迫っており、遠からず落城するであろう。後方を守っていた穴山が徳川と呼応して攻めてくるだろうが、それよりも早く織田軍がここに押し寄せると見ておる」

勝頼は遠からずと口にしたが、この時点で既に高遠城は落城していた。既に士気が崩壊している武田軍では、長可たちの別動隊と合流した信忠率いる本隊の猛攻を凌ぐことが出来ず、一日と保《も》たずに落城してしまう。

長可たちの城攻めでも明らかになったように、技術レベルが隔絶した状態での籠城戦は成立せず、当主である勝頼に落城の報《しら》せを齎す伝令を逃がす暇すらなかったのだ。

更に信忠は落とした高遠城に最低限の兵を残し、即座に新府城へと進軍したため勝頼が想像するよりもずっと間近にまで迫ってきている。

「死出の旅支度もままならぬとは織田の殿方は慌ただしいこと。さりとて黙って命をくれてやるわけには参りませぬ、最期に目にもの見せてやりましょうぞ」

「そうよのう。甲斐《かい》の武田はここにありと見せてやらねばならんな」

最早死を待つのみという境遇で放たれた北条夫人の軽口に勝頼は小さく笑って応じた。しかしすぐに表情を引き締めると、勝頼が告げる。

「深志《ふかし》城からの伝令が齎した報せが真であれば、高遠城は既に落ちているやも知れぬ。しかるに新府城を守る兵力は無いに等しく、其の方らに穏やかな最期を選ばせてやれるのも今暫くの間だけであろう」

「四郎様は討って出るおつもりでございましょう？　なれば四郎様が本懐を遂げられるのを見届けてから後を追って参ります。それに少ないとは言え、城にとどまった者もおりまする」

今や新府城に残っている者と言えば傷を負い逃げられぬ兵や、たとえ逃げ延びたところで先の短い年老いた者が殆《ほとん》どであった。流石に勝頼が直々に育てた子飼いの部下は残っているものの、そうした恩義や忠義に拠《よ》って残っている者は稀《まれ》であった。

沈みゆく船から逃げる鼠《ねずみ》のように我先に逃げ出した者を思えば、彼らに感謝をしても罰《ばち》は当たるまいと勝頼が感傷的になっているところへ猛獣の唸りのような奇妙な音が響き渡った。

「これはしたり。夫婦水入らずに割り込むつもりはござらぬが、どうにも腹の虫が騒いでしまい申した」

愁嘆場《しゆうたんば》にそぐわない朗らかな声がした。完全に虚を衝《つ》かれた勝頼が北条夫人を背後に庇いながら声の主を誰何《すいか》する。油断が無かったとは言わないが、勝頼とて一廉《ひとかど》の武人であり、これほど近くまで寄られて居ながら気付かなかったという事実が信じられなかった。

勝頼の目に映った人物は寸鉄を帯びていないが、見上げるほどの巨軀《きよく》に一目で判る隆々たる筋肉を窮屈そうに法衣に押し込めた魁偉《かいい》なる者であった。生物としての本能が勝頼に逃げろと叫んでいるのを意志の力で押し込める。

「しばし待つつもりであったが、気取《けど》られてしまっては致し方ない。拙者、しがない山伏《やまぶし》の華嶺と申す。武田四郎殿とお見受けするが相違あるまいや？」

「今更逃げも隠れもせぬ。わしが武田四郎よ！　そなたの狙いはわしの首か？」

「はっはっは、ご冗談を申されるな。未だ修行中なれどかつては僧を志した身、命を奪うからにはその命を余さず食らうことを己に課しております。流石に同族を食らうのはご勘弁願いたい」

華嶺行者はそう言って快活に笑うが勝頼は少しも笑えなかった。幼い頃に山で熊に遭遇した際にも感じた巨獣が放つ熱の様なものに中《あ》てられ、身動きすることが叶わない。幼きあの日の熊は気まぐれに去っていったが、この怪人はそうは行かないだろう。

己の一命を賭してでも北条夫人を逃がせないものかと隙を窺うが、華嶺行者は身構えてすらないというのに隙らしい隙が見受けられなかった。

「それでは、その華嶺殿はわしに如何なる御用かな？」

「織田勘九郎《かんくろう》殿より言伝《ことづて》を預かっております。松《まつ》姫をいくさから遠ざけて頂いた思いに報いるべく、武田四郎殿に一騎打ちでの果し合いを所望いたす。さて、ご返答や如何に？」

「一騎打ちだと!?」

華嶺行者の思いがけない言葉に勝頼は訝《いぶか》し気《げ》な表情を浮かべた。一騎打ちをするまでもなく既に大勢は決しており、圧倒的に優位な織田の総大将たる信忠がその身を危険に晒す意味が判らなかった。

「拙者は武士でござらぬゆえ、その企図は解りかねまする。しかし、名も知らぬ者に討たれるよりも、大将同士の一騎打ちにて散る方が誉《ほまれ》となるのではござらぬか？」

「わしが端《はな》から負けるような物言いよの」

「はっはっは。さても勘九郎殿は我が主が直々に鍛えられた御方。年若いからと侮れば、己の首が落ちたことにも気付けませぬぞ？」

「わしとて武門の名門、武田の当主よ。そう易々《やすやす》とは負けてやれぬ！」

「然《しか》らば果し合いにて雌雄を決するということで宜しいか？」

華嶺行者の問いかけに勝頼は目に熱を湛《たた》えて頷いた。そこには先ほどまでの諦観に塗《まみ》れた勝頼ではなく、武人らしい覇気に満ちた偉丈夫《いじょうふ》の姿があった。

「御覚悟しかと承った。追って使者が詳細を伝えに参りましょう」

意外にも人懐こい笑みを浮かべた華嶺行者は、そう言うや否やトンボを切って開いていた板戸の外へと身を翻《ひるがえ》した。慌てて勝頼も後を追ったが、その姿は何処にも見当たらなかった。

先にも述べたように高遠城は戦端を開いてから僅か一日にして落城している。その理由は実に単純であり、パラダイムシフトとでも呼ばれるべき革命的な変化に因《よ》るものであった。

先遣隊である長可軍と、本隊である信忠軍は高遠城を目前にして合流し、事前に齎されていた情報及び寝返った武田方の武将から得られた情報を統合して逃げ道を塞ぐように布陣した。

やや遠巻きに布陣し、その日のうちに高遠城へと攻め掛からなかったのは、進軍速度の遅い部隊を待って隊を編成しなおす時間が必要となったためであった。

翌朝、日が昇るとともに戦太鼓《いくさだいこ》が打ち鳴らされると同時に轟音が響き渡り、堅固なはずの城門が内側に吹き飛んだ。これは夜陰に乗じて城門に爆薬を仕掛けておいた結果なのだが、武田側からすれば何をされたのか皆目見当がつかなかった。

その混乱に乗じて正面からは信忠軍が大挙して押し寄せる。時を同じくして裏側からは擲弾筒《てきだんとう》を装備した長可軍が、次々と防衛設備を破壊しながら攻め上がった。

元より逃亡者が相次いでおり、守備兵が減っていたところへ防衛設備をものともしない猛攻を受け、戦意を失って投降する者が続出した。

高く昇った日が西の空に掛かる頃、城主である仁科盛信《にしなもりのぶ》は極端な劣勢の中、奮闘するものの小山田大学助《だいがくのすけ》が討ち死にしたと耳にして敗北を悟った。

配下の将に自分の首を持って織田に下るよう伝えると、自刃して果てた。

戦国時代でも屈指の規模を誇った高遠城が落ちた要因は、偏《ひとえ》に『時代が変わった』ためであった。

堅固な城に籠って戦えば、自軍に倍する寄せ手にでも善戦できる時代は終焉《しゅうえん》を告げた。大口径の砲や高性能な爆薬を前にすれば、従来の城門や城壁は少し丈夫な衝立《ついたて》に過ぎない。

武田とて頑《かたく》なに旧態依然とした戦法に固執していたわけではない。鉄砲の重要性は理解しており、それなりの数を揃える努力は続けていた。

しかし、それでも過去の成功体験に裏打ちされた騎馬隊偏重《へんちょう》の部隊編成や、鉄砲軽視の流れを覆すには至らない。騎馬隊の突撃距離を遥かに上回る射程と、充分な命中精度と威力を備えた新式銃の登場によってそれらは過去のものとなった。

城壁に囲まれ曲がりくねった九十九折《つづらお》りによって敵部隊を長く薄く延ばして、銃眼や矢狭間《やざま》より攻撃を加えるという定番の防衛は呆気《あっけ》なく通用しなくなった。

あろうことか信忠率いる本隊は大砲を用い、城壁を一直線に撃ち抜いて進んできたのだ。その結果、随所に分散して配置した兵は瞬く間に討ち取られ、最短距離を攻め上がられたため水を湛えた堀以外は足止めにすらならなかった。

「高遠城を一日で落とし、更には大将である勝頼を一騎打ちにて屠《ほふ》る。武田が誇った『武』と

『軍』の双方を完膚《かんぷ》なきまでに叩き、勝者と敗者の姿を白日に晒すおつもりか？」

長可は愉快そうに笑いながら隣に並ぶ人物へと声をかけた。落城した高遠城にて一夜を過ごし、信忠はある程度の部隊を残すと早々に進軍を開始する。

今まで別動隊を率いていた長可は、充分に戦功をあげたとして後方に戻され、大将である信忠の周囲に侍《はべ》る栄誉でもあり、暴走する長可を繋ぎとめる首輪でもある役目を与えられていた。

「このいくさに先んじて、武田殿はわしの妻となる松姫を恵林寺《えりんじ》へと逃がして頂いた恩がある。このまま無名の兵に討ち取られるよりは、一騎打ちにて決着をつける方が武士の本懐となろう」

「確かに下手に落ち延びた挙句に、落ち武者狩りに討ち取られたとなれば惨《みじ》めな最期となりまするな」

「それに武田が織田の前に屈したと衆目に示せるという利点もある」

「この期《ご》に及んで一騎打ちを邪魔立てする不心得者もおらぬとは思いますが、お二人が雌雄を決される場は某《それがし》がお守りいたしましょう」

「頼りにしておるぞ、鬼武蔵《おにむさし》（長可の異名）」

そう言って信忠と長可は笑い合った。静子邸では互いに軽口を叩き合う仲だが、いくさ場に於いては厳格な上下関係が存在する。無法者に見える長可だが、軍に於ける上下関係が持つ意味が理解できないほどの愚か者ではない。

ゆえに衆目のある公の場に於いては、その場に相応《ふさわ》しい振舞いをすることも出来るのだ。

「先ほどの早馬によれば、近々上様がこちらにお越しになると耳にしましたが、となれば静子殿もおいでになるでしょうな」

「父上と静子、その何《いず》れも替えの利かない我が軍の急所。可能性が低いとは言え、一度に失われる恐れのある愚は犯されぬと思うがな」

「なるほど。上様は我々の働きを見たのち、富士の山をご覧になって尾張へと戻られるとありました。富士の山には何があるのでしょう？」

「富士の山は静子も気にしておったな。しかし、あの辺りは徳川の領土ゆえ迂闊《うかつ》なことは出来ぬ」

そうこうしている間にも信忠の率いる本隊は新府城へと到着した。事前に使者が遣わされ勝頼との交渉の結果、新府城は無血開城しており信忠の本隊はそのまま城内へと兵を進めた。

勝頼は己の手勢のみを率いて天目山《てんもくざん》に陣を張っており、そこで一騎打ちを行う手筈となっていた。新府城内に残されているのは病人や怪我人、投降する意志のある者が武装解除の上、一室に集められていた。

可能性は低いとは言え騙し討ちを警戒しつつ進軍したのだが、勝頼は約定通りの処置を施した上で撤収しており、信忠は軍を機動力重視の小部隊に編成し直す。

「さて、連戦に次ぐ連戦で皆も疲れているとは思うが、今日はここで充分に英気を養い明後日の決戦に備えてくれ」

信忠の号令を受けて軍は新府城にて休息をとった。軍同士での勝敗は既に決しており、残るは大将同士での一騎打ちという英雄譚のような成り行きに皆は口にしないまでも固唾《かたず》を呑んでいる。

一夜明けると信忠は手勢の精兵千名のみを率いて一路天目山を目指した。騎馬を中心に編成しているため、信忠の部隊は僅か半日ほどで勝頼が陣を構える天目山の麓《ふもと》まで辿り着いた。

まもなく日も沈もうという頃合いであったため、お互いの陣を目視できる距離に居ながら睨み合うという奇妙な構図となった。そして信忠が一騎打ちの刻限を伝えるべく使者を遣わそうとしていた折、予想だにしなかった人物が信忠の陣を訪《おとな》った。

「面白い。会おうではないか」

信忠の陣を訪れたのは、武田勝頼その人であった。先触れもなく数名の供のみを伴って訪れた勝頼を、信忠は自陣に招くと真正面から向かい合う形で対面した。

勝頼は一騎打ちを申し出た信忠を信頼してか、いくさ装束のままではあるが刀を預けている。

「こうして直接お会いするのは初めてになるか。私は武田四郎、父信玄の後を継いだ武田家二十代当主である」

「お初にお目にかかる、私は織田弾 正 忠《だんじょうのちゅう》が嫡子、勘九郎である。さて、互いに刃を交えんとする前夜に御自《おんみずか》ら陣を訪ねられるとは如何なる御用か？」

信忠の問いに勝頼は深々と頭を下げることで応えた。

「まずは敗軍の将たる私に礼を尽くして頂いたことにお礼申し上げる。明日には一騎打ちにて雌雄を決することになるが、どちらが勝つにせよ我が軍は貴軍に投降致す」

そう告げて面を上げた勝頼の目は死んではいなかった。城を出て陣を張っているため、やや薄汚れてはいるものの勝頼は覇気に満ちている様子だ。

「厚かましいのを承知でお願い申す。勝敗の如何に拠らず私は自刃致す。代わりに私に付き従ってくれた配下の助命を賜《たまわ》りたい」

「貴方と御嫡男以外については我が名にかけて身の安全を保障しよう。ただし、主君の後を追わんとする者については引き留めぬ」

「忝《かたじけな》い。然らば一騎打ちを前にこれ以上のなれ合いはすまい。これにて失礼致す」

勝頼は最期まで自分に付き従ってくれた者の助命を嘆願した。そして信忠は勝頼と彼の息子である信勝以外については保障する旨を確約した。

この時代に於いては大将及びその嫡子は、後顧の憂いを絶つためにも責任を負わされることになる。そして自らの命を懸けてそれらを勝ち取った勝頼は信忠の陣を去ろうとした。

「待たれよ。見たところ、充分な支度が出来ておらぬようにお見受けする。別の天幕に湯と飯を用意させるゆえ、しばし待たれよ」

「既に温情は充分頂戴した。これ以上は不要」

「情けをかけているのではない。一騎打ちの相手が見窄《みすぼ》らしくては私が困る。万全の態勢の貴殿に勝利することに意味があるのだ、私のためにもお受け願いたい」

「……承知」

勝頼は信忠の口上を真に受けたわけではないが、同じく武を志した者からの最期の気遣いを有難く受けることにした。

決意が鈍らぬように頭を下げたまま背を向けると、勝頼は信忠との会談を終えた。

信忠としてもこの一騎打ちには大きな意味がある。武田の総大将を我が手で討つことで、初めて胸を張って信長の後継者を名乗れると考えていた。

負けるつもりなど毛頭ないが、勝敗は兵家の常であるため信忠も湯を運ばせると体を拭いて髭《ひげ》を整え、髪を油で整えた。

明日になれば、日ノ本の趨勢を左右する一騎打ちが行われる。


緊張の高まる甲斐の地より遠く離れた尾張では、静子が久方ぶりの穏やかな執務に勤しんでいた。

それと言うのも長らく静子邸に逗留し続けていた信長が、電話による定時連絡により信忠と勝頼との一騎打ちの報せを知るや否や、大急ぎで手勢を集めて甲斐へと出立したためであった。

曰く「万に一つも負けは無いとは思うが、その一つに備えねばならぬ。取り越し苦労であれば物見遊山と洒落《しゃれ》こもう」とのことで、速度重視の編成をした軍を率いて一路東を目指している。

信長の進路は信忠の侵攻ルートをなぞる形となり、信忠の軍が構築した中継地点ごとに馬を乗り換えて進む強行軍となる。

当初は静子を伴う予定であったのだが、偶然にも近衛前久《さきひさ》が信長と同道することになり、静子は尾張で二人の帰りを待つこととなった。

「二人揃って物見遊山の旅とは、殿も良いご身分じゃのう」

信長が尾張を発ったのと入れ替わりに岐阜に詰めていた濃姫が静子の許へ訪れている。此度《こたび》の信長と前久による東国遠征は、十中八九物見遊山の旅となると判断した濃姫は珍しく愚痴を零す。

静子は信忠が留守の間に岐阜城を預かるはずの濃姫がこんな処にいて良いのかと訊ねたのだが、当の本人は口許に手を当てて艶然と微笑みながら答えた。

「妾《わらわ》までもが留守にしたからこそ、不心得者が動こうというものよ。静子ご自慢の電信ほどでは無いにせよ、岐阜と尾張程度であれば全ては妾の掌《たなごころ》の上じゃ」

あえて留守にすることで泳がせていた容疑者を燻《いぶ》りだすつもりだと察して静子は空恐ろしくなった。

濃姫が如何に優れた諜報網を持っていたとしても、物理的な距離は厳然と立ちはだかるはずである。どうやって彼女が情報を得ているのか、静子をしてすら見当がつかなかった。

「毎度思うのですが、濃姫様は事前に防ごうとは思われないのですか？」

「ほほほ。人が欲を抱く限り悪の芽は無くならぬ。そんなものを幾ら摘んだとてきりがない。ならば罪を犯せばどうなるか身近な存在を以て、適度に知らしめて見せるのが上策とは思わぬか？」

「……確かに悪事を働いたことに変わりはありませんので、罰を下すのは当然ですが……誘うような真似をするのは如何なものかと……」

「魔が差すと言うじゃろう？　魔というのは日常のふとした処に潜んでいるものなのじゃよ。本物の魔が育つ前に、妾が間引いてやっておるのじゃ、親切とすら言えよう」

静子とて組織を纏める地位にあるため、濃姫の言わんとするところは理解していた。誰しも甘い誘惑には抗い難く、厳しく己を律さねば容易に流されてしまう。

そういった際に助けとなるのが信仰であったり、主君に対する損得を超えた恩義であったりするのだが、濃姫はそういった不確かなものに頼らず一罰百戒を以て警告するのだ。

決して口にも態度にも出さないが「見ているぞ」と。そんな背筋が寒くなるような警告を以てしても、罪を犯す者が絶えないのだから人の業というものは救いがたい。

「義姉上《あねうえ》、ここにおいでてしたか」

「おや、市《いち》ではないか。妾になんぞ用かえ？」

濃姫と語らいつつも執務を続けている静子の許へ、お市までもが現れた。これは本格的に仕事にならないかなと静子は諦めかけたのだが、どうも用事があるのは濃姫に対してであったため静子は胸を撫でおろす。

藪《やぶ》をつついて蛇を出す愚を犯すまいと、静子は黙したまま耳だけをそばだてて執務を続けていた。

「静子もいるのならば丁度良い。兄上が出立されたのをまるで見計らったかのように、親族の一人が妾に義姉上の所業について触れ回っておるのよ。流石に目に余るゆえ、義姉上にもご相談せねばと思うての」

「ああ、あ奴であろう？　殿の前では借りてきた猫のように大人しく振舞うが、こうして隙を見せれば立ちどころに馬脚を露《あらわ》しおる。ほんに虎の威を借る狐よの」

対する濃姫は既に把握していたようで、まるで動じずにせせら笑って見せる。こうした裏工作は本人に知られぬようにせねばならないというのに、まんまと目の前に垂らされた餌に食いついてしまったという形となった。

「本日最後の定時連絡は先ほど終わりましたので、緊急でない限りは上様に連絡を付けることは叶いません」

「ほほほ。このような些事《さじ》で殿のお心を煩《わずら》わせるまでも無かろう。織田家の内々で対処するゆえ、市もそれで構わぬか？」

「義姉上がご存じであれば構いませぬ」

静子は未だに織田家相談役の地位を返上しておらず、こうした織田家内の醜聞をも耳にすることがあるのだが、その殆どが濃姫によって対処される。

静子は結果がどうなったかを知ることなく、問題が解決した旨のみを知らされることとなる。

少し消化不良ではあるが、これを詮索することで得るものも無いため放置していた。

「何をされるおつもりか知りませんが、余り大事《おおごと》にならないようにして下さいね？」

「ほほほ。自分がしようとしたことがそのまま降りかかってくるだけのことよ。まさに自業自得というものであろう？」

（あ、これは締め出されるヤツだ）

織田家の中には嫡流《ちやくりゆう》と庶流《しよりゆう》と呼ばれる区分けが存在する。所謂《いわゆる》本家と分家に当たるのだが、信長も元を正せば庶流の出であった。

しかし、嫡流であった父信秀《のぶひで》の正室が離縁され、信長の母が継室となったことで信長は信秀の後継者となり、嫡流に組み込まれることになった経緯がある。

庶流は嫡流を支える義務があるのと同時に、嫡流も庶流を安堵《あんど》する義務を負う。こうした枠組みを良しとせず、野心を抱いて己が嫡流に成り代わろうとする者は常に一定数出てくる。

嫡流の庇護を受けていながら、それに牙を剝かんとする躾のなっていない飼い犬の行く末など知れたものだろう。

「ただでさえ戦時なんですから、お家騒動なんて起こさないで下さいね？」

「あ奴程度ではそれほどの騒ぎにもならぬよ。大人しくしておれば見逃してやったものを……愚かよのう」

（見える場所に餌をぶら下げておいて、この言い様）

「身の程を弁えぬゆえ、破滅を招くことになるのじゃ」

「市の申す通りじゃ。妾としても売られた喧嘩《けんか》は買わねばならぬ」

「喧嘩にすらなっていないじゃないですか……」

静子が盛大なため息を吐いた。まるで『西遊記』に登場する『孫悟空』と、彼を掌であしらった『釈尊』のようだと静子は思った。

「ほんに静子は優しいのう。下克上を企《くわだ》てるということは、己の全てを賭して夢を摑まんと挑むということ。夢破れたのであらば仕方あるまい？」

「陰口を吹聴《ふいちょう》して回ることが死に繫がるとは、まさに夢にも思わないでしょう……」

「ああした陰口というのは存外厄介なのじゃよ。吹き込まれた側がどう思おうと少しずつ澱《おり》のように心に堆積し、何かの拍子に芽吹くゆえな」

「市の申す通りよ。ゆえに妾が悪事は身を滅ぼすという証拠を突き付けてやっておるのじゃ。なんと寛大なことよのう」

最早、彼の人の行く末は定まってしまったようだと静子は悟った。不相応な野心を抱いた彼は、果たして噛みつこうとした相手の大きさを理解していたのだろうか？

名前を聞いても顔も思い浮かばない彼に、少しだけ憐憫を覚える静子であった。


静子の目の前には薄桃色をした肉が横たわっていた。

これはみつおの手によって沖縄より持ち帰られ、長い時間をかけて繁殖を重ねたアグー豚の背ロースだ。

今までは商業ベースに乗せるため繁殖優先であり、若いまま潰すなど許容できなかったのだが、近年になってようやく効率的な繁殖と肥育ができるようになり、皆の口にも届くようになったという経緯がある。

そして静子の前に届けられた肉は、生まれて半年ほど肥育を経た若豚のものだった。

食べるためだけに育てられたアグー豚の肉は柔らかく、通常の豚肉と比べて濃厚な旨みを持っている。

「これがアグー豚のロース肉……ここはトンカツしかないよね！」

静子はこの日を夢見て研究開発に余念がなかった。

意見が分かれるところだが、静子にとってトンカツと言えばソースである。炒った胡麻をすり鉢ですって、そこにとろみのあるトンカツソースを流し込む。

そこへ和辛子をつけたカツをつけてかぶりつき、すかさず白米を噛みしめるというのが彼女の流儀であった。

このため、彼女の飽くなき調味料作りへの挑戦が始まったのだった。

まずはトンカツソースの材料とすべくウスターソースから開発する。ウスターソースの材料はほとんどが夏のものであり、特にセロリは尾張になかったためイエズス会経由で輸入までした。

意外に思われるかも知れないが、セロリの持つ強烈な青臭さがウスターソースの爽やかな香りに一役買っているのだ。

詳細な材料は割愛するが尾張名産のトマトや干しシイタケ、香辛料の黒胡椒にクローブや肉豆蔻《にくずく》、少し変わり種でこれも舶来品であるタマリンドペーストも混ぜ込んで熟成させたウスターソース。

そこにこれもお手製トマトケチャップとマヨネーズを混ぜ、ハチミツと若干のレモン果汁を絞り入れて酸味と塩味を調整すれば完成だ。

ウキウキしながらトンカツソースの入った壺を冷蔵庫から持ち出し、肉の下準備に取り掛かる。

もともと柔らかいアグー豚ではあるが、更に口当たりを良くするため肉叩きで繊維を潰し、包丁を立てて突き刺すようにして筋を切る。

琺瑯《ほうろう》（金属の表面にガラス質の釉薬を焼き付けたもの）引きのバットに生卵を割り入れて菜箸でかき混ぜ、これまた別のバットに荒くすり下ろしたパン粉を並べて準備万端。

アグー豚の両面に軽く塩胡椒をして休ませている間に、揚げ物の準備を整える。

こちらも静子肝煎りで作らせた科学の集大成が眼前に存在していた。現代日本であれば逆に珍しいとさえ言える電熱調理器であった。

高融点金属であるクロムはクロム鉄鉱という形で得られるのだが、静子たちの科学力を以てしても容易には扱えない金属なのである。

これを生石灰や炭酸ソーダなどと配合した上で加熱酸化させると、低い温度でクロム酸ソーダを得ることができる。

様々な不純物を含んではいるが、これとニッケルを合金化することでニッケルクロム合金（以下ニクロム）を作り出し、棒状に成形したニクロムを渦巻き状に引き伸ばしてやれば昔懐かしい電熱式調理器が出来上がる。

電気抵抗が大きくかつ熱に強い性質を持つニクロム線は、アルミを含むカンタルが登場するまで主要な電熱線であった。

何故こんな物を作るかと言えば、竈《かまど》に比べて火加減の調整が非常に容易であり、電源の続く限り安定した熱源を維持できるからである。

尾張の電化が進められる際に、静子が真っ先に目指した物が冷蔵庫と電熱式調理器であった。

超重量の鉛式蓄電器に繋がれた電気コンロは真っ赤に熱されており、その上では南部鉄で作られた深鍋が琥珀色の油を湛えて鎮座している。

水銀式の温度計しか存在しない尾張では、高温の油など測りようが無いため、静子は菜箸を油の中に差し入れる。

充分に熱された油に沈んだ菜箸からは盛んに気泡が生じており、トンカツを揚げるに充分な温度に達していることを知らせていた。

下味がつけられた肉を持ち上げた静子は卵液にそれを浸し、すかさず隣のバットへと移して上から被せるようにしてパン粉をまぶす。

しっかりとパン粉の衣をまとったカツを熱された油の中へと静かに投入した。

ジュワーッという油の弾ける音とともに香ばしい匂いが辺りに漂い始める。すかさず砂時計を置いた静子はタイミングを見計らって2分経過した辺りでカツをひっくり返す。

同時に砂時計もひっくり返し、同じように2分ほど揚げるのを真剣な眼差しで見守り続けた。

カツから湧き出る泡が小さくなり、カツ自身が油の表面付近まで浮いてくれば揚げ上がりとなる。これを金網を渡した油切りの上に載せてしっかりと油を落とす。

こうすることでカツ自体がサクサクという小気味よい食感を持つようになるのだ。

大皿の上に既に切って置いた山盛りの春キャベツを載せ、キャベツを跨ぐように作られた金網の上に一口大に切ったカツを並べて端にレモンを添える。

静子にしては大盛の白飯と、豆腐とワカメの味噌汁に大根の漬物を添えれば特製アグー豚カツ定食の出来上がりだ。

散々邪魔をされてきた経験から静子は学習しており、何故か折よく静子邸を訪れている濃姫たちにはアグー豚を使った生姜焼きを振舞ってある。

周囲を改めて見回し、誰もいないことを確認した上で静子はすり胡麻の浮かぶトンカツソースの海にカツを浸し、皿の端に盛られた辛子を付けて白米の上に載せて感極まった。

早速それを口に運ぼうと目線を戻すと、白飯の上に載せたカツが下の飯ごと消えていた。慌てて顔を上げれば真正面に口元を隠しつつ、何かを咀嚼する濃姫の姿があった。

「なんと恐ろしい旨さ！　こんな料理を独り占めしようだなどと、静子もなかなか人が悪い」

「いえ、皆様に差し上げる前に試食をと……」

静子は背後ばかりを気にして目の前が疎《おろそ》かになっていた。かなり早い段階から、そう油で揚がったカツから香ばしい匂いが漂い始めたあたりで濃姫は静子の前方、視界の端に立っていたのだ。

例によって日ノ本一番を奪われた形となったが、静子も負けじとカツを一切れあげ、再びソースに浸して頬張ってみる。

柔らかいアグーの肉は程よく噛み切れ、口の中でほどけながら強烈な旨みを主張する。カラリと揚がった衣が香ばしさを演出し、衣にたっぷりと絡んだソースが芳醇な香りと甘さ酸味塩味が渾然一体となったハーモニーを奏でる。

そこへ辛子の持つ鮮烈な辛みが味を引き締め、静子はいてもたっても居られずに白飯を掻き込んだ。夢にまで見たトンカツ定食の味わいに涙すら浮かべている静子を濃姫は微笑ましく見守っていた。

「あああ……」

千五百七十七年　四月上旬　四

天目山とは、現在の山梨県甲州市大和町木賊《とくさ》に存在する山である。かつて室町幕府に追われた武田氏十三代当主である武田信満《のぶみつ》が自害しており、一度はここで武田氏が断絶していた。その後再興された武田家最後の当主である勝頼が、天目山を決着の場として選んだのは運命のいたずらであったのだろうか。

比較的標高の低い天目山の山頂付近に張られた勝頼の陣は撤去され、下草を刈った上に地面を踏み固めたであろう見晴らしの良い広場が出来上がっている。

朝もやの立ち込めるなか、その広場の中央に床几《しょうぎ》（折り畳み式の腰かけ）に腕組みをして座る勝頼が待っていた。

そこに僅かな手勢のみを率いた信忠が山道を真っすぐに登ってくる。

「……来たか」

信忠の姿をみとめた勝頼が呟いた。勝頼は配下を遠く下がらせ、決戦場へは誰も近づかないよう厳命している。

勝頼はおもむろに立ち上がると、傍《そば》に立てかけてあった朱塗りの大身槍を手に取った。勝頼のいでたちは武田の誇る赤備《あかぞな》えを身に纏い、厳《いか》めしい面頬《めんぽお》までも装着した完全防備である。

これに対して決戦場へと現れた信忠はこの時代の常識にそぐわない恰好をしていた。

「一騎打ちを申し込んだのはそちらのはず。勝敗に拠らず自刃すると伝えたゆえ、侮ったか？」

勝頼の問いに対して見届け人である長可を除く配下を槍や刀が届かない位置にまで下がらせつつ応える。

「侮るならば一騎打ちなどせずに討ち取っておる。甲斐武田の武を継ぐ漢《おとこ》と認めたがゆえに、この場を設けたのだ。見たところ、気力も体力も充分なようだ」

「施しを受けたゆえでは無いが、本当にそのような恰好で良いのか？」

問われた信忠は確かに奇妙な格好をしていた。足元は織田軍標準の編み上げのブーツに現代のカーゴパンツのようなざっくりとした下履きの上から脛当《すねあて》を身に着けている。

胴体は流石に胴鎧を纏い、腰部をカバーする草摺《くさずり》は勝頼と変わらない。肩から肘までを覆うはずの大袖は取り外され、手首から肘までを覆う籠手《こて》がやや大型化していた。

頭部に至っては兜《かぶと》一式を一切身に着けていない無防備と言っても過言ではないいでたちであった。

「まさかこの期に及んで矢を射かけるような真似はせぬであろう？　ならば経験で劣る側なりに工夫を凝らしたのだ」

信忠はそう言うと配下から自身の身長よりやや長い手槍を受け取ると下がらせた。長可は向かい合う二人の中ほどに立ち、邪魔にならぬよう後ろに下がって二人の動向を見守る。

当世具足の完全防備に長大な大身槍を得物とする勝頼に対し、間合いで劣る手槍の他には腰に太刀を佩《は》いているのが見える明らかに軽装の信忠は如何にも不利に見えた。

信忠の準備が整ったのを見た勝頼は手にした大身槍を頭上で大きく円を描くように回して見せると、脇に構えて信忠の方へ穂先を向けて口を開く。

「ならば最早何も言うまい。これより先は口先では無く己の武を以て意を示そう。いつでも掛かって参れ！」

勝頼はそういうと足を止めて信忠の出方を窺った。対する信忠は間合いで劣るため、迂闊に踏み込むこともできずすり足でじりじりと間合いを詰める。

後半歩で手槍が相手に届くというところで勝頼が動いた。脇に構えた大身槍を手の中で滑らせるようにして前方へ突き出し、予備動作が殆ど見えないというのに充分に威力の乗った突きを放つ。

相手の動きを注視していたはずの信忠だったが、半瞬反応が遅れたため回避が間に合わず大身槍の進路上に手槍を突き立てて穂先を逸らし、反動で逆方向へと体を逃がす。

勝頼の大身槍は穂先が一尺（約30センチメートル）以上もの長さがあり、その刀身とも呼ぶべき穂先が手槍の柄を削りながら突き込まれた。

本来であれば重量のある大身槍を扱うのは難しく、威力の乗った突きを躱《かわ》されれば大きな隙が生まれるはずであった。

しかし勝頼は側面に逸らされた力の流れに逆らわず、むしろ横向きの力に自身の力と更に体の捻《ひね》りをも加えて体を折りたたむようにしてコンパクトに大身槍を回転させ、斜め上方から叩きつけるような一撃を放った。

逃げたところへ叩きつけるように振り下ろされる一撃を見た信忠は、手槍で受けきることは不可能と断じるや体を投げて横っ飛びに回避する。

地面を転がりながら起き上がった信忠が目にしたのは、再び脇構えに大身槍を携えた隙の無い勝頼の姿であった。

(よもやこれほどまでとは、見誤ったわ)

この一騎打ちを打診する前から勝頼個人の武威については間者に探らせていた。しかし、部隊の指揮に秀でているという情報は得られれども、勝頼本人が武芸に秀でているという情報はついぞ齎されなかった。

名立たる武芸者が揃っている武田家に於いて、勝頼個人の強さはさほどでもないと信忠が判断したのも仕方ない面もあった。

「その鎧、見た目通りの重さではないな？」

「ただの一合でそこまで見抜くか。前評判などあてにならぬものよな、元よりこちらは挑む立場。織田勘九郎推して参る！」

勝頼の指摘は正しい。信忠の甲冑は全て特別製であり、尾張の最先端の技術が惜しげもなく注ぎ込まれた逸品である。

ただの布に見えるカーゴパンツも、溶かしたガラスが綿菓子を作る機械のようなもので吹き飛ばされ、遠心力を用いて細く細く引き伸ばされたガラス繊維を表側に編み込まれている。

当然そのままでは肌に触れれば細かい切り傷が出来てチクチクするため、裏側には通常の布地で裏当てが施されていると いう念の入れようだ。

これだけならば少し丈夫な燃えにくい布に過ぎないが、脛当や籠手部分に用いられている装甲板は更に一味違う。

尾張でしか造れない鋼を冷間線引《れいかんせんび》きと呼ばれる技法によって常温のまま細く引き伸ばす。

これは水車や畜力では到底生み出せない、蒸気機関による巨大な力を均一に加え続けられるようになって初めて実現できる技術であった。

これによりピアノ線ほどとはいかないまでも、針金というより細いタコ糸ぐらいの鋼線が造られる。

これをメッシュ状に編み込んだ上で赤樫《あかがし》の薄板に幾重にも張り付けられ、それらを樹脂で固めたものとなっている。

鉄板と変わらないほどの強度を持ちながらも、重量は五分の一ほどという完全にオーバーテクノロジーの防具に仕上がっていた。

次は己が先手を取るべく信忠が駆けた。当世具足は矢を防ぐため、隙間を少なくする工夫が施されており、防御力が高い反面視界がどうしても狭くなる。

勝頼と向き合って左側に駆けることで視界から外れつつ、しかも利き手の裏側に回り込むことで追撃しにくい位置を取る作戦であった。

これに対する勝頼の応えは、信忠に完全に背を向けて屈みこむという奇妙なものであった。体を小さく丸め込む姿に、信忠は極限まで押し縮められた発条《ばね》の姿を幻視した。

背筋に凍《い》てつく氷柱《つらら》を突き込まれたような悪寒に、信忠は咄嗟にその場で飛びあがった。

果たして信忠の足元を閃光が走り抜けた。遅れて風切り音が聞こえるほどの鋭い斬撃が走り抜け、短く刈り揃えられた下草が更に短くなった。

どのような体勢からでも自由に槍を振るえる尋常ならざる体幹と、鋭い刺突及び斬撃を生み出す剛力。天下無双の侍大将と呼べる恐ろしいまでの腕の冴えであった。

「逃げてばかりでは勝負にならぬぞ！」

「流石に今のは胆《きも》が冷えたわ。甲斐の武士《もののふ》は皆これほどまでの力を持っておるというのか……」

中距離では勝負にならないと判断した信忠は、先ほどのように勝頼の攻撃が届きにくい方向へ駆けつつも距離を詰める。

大身槍のような長柄の武器は、密着間合いに入られてしまえばリーチが災いして攻撃が当たらなくなってしまう。

当然その程度のことは知悉《ちしつ》している勝頼は槍を支える左腕を内側に折り畳み、柄を押し出す右手を大きく外側に回すことでコンパクトな斬撃を放ってきた。

間一髪でこれを躱した信忠は、勝頼の目前にまで肉薄していた。大身槍の穂先は勝頼の遥か後方へと回っており、今が好機とばかりに信忠が大きく踏み込んだ。

バシン！　という奇妙な音が響いて信忠が大きく後退した。信忠の胴は側面が歪み、よく見ると蜘蛛の巣状の亀裂が走っている。

「なんなのだそれは!?　岩でも叩いたかのようじゃ」

果たして勝頼が放ったのは、槍の石突《いしづき》による打突であった。横薙ぎの斬撃から直線の打突へと繋ぐ隙の無い連係に、信忠は虎の子の胴鎧を凹まされた上に、間合いの外へと弾き出されてしまった。

「静子特製の甲冑よ！　そう易々とは貫けぬと心得よ！」

そう吼《ほ》えると信忠は三度目の突撃を敢行した。互いの命を懸けた戦いという極度のストレス状況下では、予想以上に気力及び体力を消耗する。

有効打にはなっていないものの、手痛い一撃を食らった信忠よりも、都度カウンターを放って体力を温存しているように見えた勝頼の方が疲労していた。

視界の外からちくちくと厭《いや》らしい攻めをしてくる信忠の行動は、想像以上に勝頼の体力を削り取っていたのだ。勝頼の疲労は発汗を促し、吸水の限界を超えた汗の玉が片目を塞いだ。

その一瞬の隙とも言えない空隙が運命を分けた。大きく踏み込んだ信忠は手槍を勝頼の眼前の地面に突き立てると、腰の太刀を抜いて転がるように勝頼の脇の下を駆け抜けた。

手槍が邪魔となって槍を繰り出せなかった勝頼の右腕が宙を舞った。勝頼の右腕の付け根から鮮血が噴き出すが、構わず槍を捨てて左手で腰の太刀を抜かんと手を伸ばした。

再び背後からの斬撃が走り、今度は左腕の肘から先が斬り飛ばされた。両腕を失った勝頼は敗北を悟り、その場に膝を突くと背筋を伸ばして叫んだ。

「見事だ！　この傷ではまもなく某の命も潰えよう。自刃しようにも腕がない。介錯《かいしゃく》を願えまいか？」

それに信忠が応えて叫ぶ。

「薄氷の勝利であった。及ばずながら介錯仕《つかまつ》る」

信忠はそう言うと、背筋を伸ばし首が見えるよう頭《こうべ》を垂れる勝頼の背後に立ち、高々と太刀を振りかぶった。

「やれい！」

勝頼の言葉と共に刃が振り下ろされ、一刀の下に勝頼の首が落とされた。遅れて体が前のめりに倒れ、武田家最後の当主は逝った。

「この鎧が無くば、泉下に向かうは己であったであろう。武田四郎、まことの武士であった」


武田勝頼の討ち死に、この一報は織田家の手によって広められ、瞬く間に日ノ本全土に伝わった。痩せても枯れても戦国最強と呼ばれた武田家の滅亡は、日ノ本中の国人を震撼させた。

これによって織田家が武家の頭領たる征夷大将軍となることに異を唱える者は居なくなった。

厳密に言えば北条は認めないであろうが、事実上黙認するしかないというのが実情である。

不倶戴天の仇とされた武田家の滅亡にも信長は一言「そうか」と応えたのみであった。

今まで打倒することに心血を注いできた武田家だが、いざ滅亡したと聞いて胸に去来したのは埋め難い空虚感であった。

利に聡く気の早い堺の商人たちは、後に信長に対して祝いを贈り、口々に武田家を貶《けな》して織田家を誉めそやした。そんな佞言《ねいげん》（おべっか等、媚びへつらう言葉）を吐く輩《やから》の悉《ことごと》くを無言で威圧した。

信長の放つ底冷えするような視線と、物理的圧力を伴うような沈黙に耐えられなくなった商人たちは早々にその場を辞すこととなった。

時は戻って信長と信忠軍、及び徳川・穴山連合軍が集結できる場所として新府城が選ばれ、関係者が揃って戦後処理を話し合うこととなった。

勝頼を討った信忠軍がまず入城して準備を整え、南部から進軍してきていた徳川・穴山連合軍が合流した。彼らは無血開城ではあったものの、略奪があったのか荒れ果てた城内を清掃し、表面を取り繕った。

そうした影働きの末、遅れて駆けつけてきた信長及び近衛前久を迎え入れることとなる。信長は到着するや否や、その場で論功行賞を行うと宣言し、関係者を集めた。

「此度の勝利は長きに亘って武田の侵攻に抗い続けた三河守《みかわのかみ》殿の奮闘あってのことである」

信長が第一功として賞したのは家康《いえやす》であった。彼が武田の侵攻に対して踏ん張ったからこそ今日《こんにち》の勝利があるというわけだ。

第二次東国征伐に於いては大きな戦功を立てていないが、過去分の成果を勘案しての評価であった。信長は家康に対し、駿河国《するがのくに》を与えている。

次に武田氏の本国でもある甲斐国《かいのくに》は、黒母衣《ほろ》衆筆頭であり東国征伐に於いて信忠に付き従った河尻秀隆《かわじりひでたか》に与えられた。

次いで伊那《いな》は信忠の直臣である毛利長秀《ながひで》に、上野国と信濃国《しなののくに》の一部は滝川一益《たきがわかずます》に与えられることとなった。

滝川に与えられた領土には、かつての真田領も含まれていたが、当の真田昌幸は既に尾張に骨を埋めるつもりでいるため、特に口をはさむこともなかった。

そして武田氏が滅んだことで内戦状態に陥っている領土については、今回の東国征伐に於いて出色の手柄を立てた長可に与えられることとなる。

見るからに貧乏くじを引いた形となっている長可だが、信長は長可ならばそれらを鎮圧しつつ上手く治められると判断していた。

最後に第二次東国征伐の総大将であり、勝頼を直接討ち取った立役者でもある信忠に対しては何の褒章も与えられることが無かった。

「総大将でありながら言いつけに背《そむ》き、軍全体を危険に晒す一騎打ちを行った罰だ！」

信長はそう吐き捨てるように言った。確かに織田家の嫡子でありながら、命の危険がある一騎打ちを行ったのは軽率であっただろう。

しかし東国征伐の半分を成し遂げた功績と相殺し得るものだろうかと皆が首を傾げるなか、信長が続けて言った。

「あ奴には武田の遺児である松姫を娶《めと》る許可を与えた。武田の復権は許さぬが、血の存続を許したことを以て褒美とする」

　ここまで聞けば信長の裁定に口を挟む者はいなかった。

　続いて信長は、最期まで勝頼に従って戦い抜いた忠臣五十余人に対し「敵ながら天晴《あっぱれ》」と評し、本人を含む一族郎党に咎《とが》を科さないことを確約し、生活を安堵させた。

　逆に武田家が劣勢に追い込まれたのちに離反し、さりとて織田家に与しなかった者については、その優柔不断さを責めて厳罰に処している。

　家の存続を求めての裏切りは戦国の習いであり、それだけを理由にお家断絶に追い込むような真似はしないが、虐殺を含む略奪を行ったものは斬首された。

　その苛烈な対応を見た木曾義昌《きそよしまさ》は、真っ先に寝返ったことを責められるかと恐怖したが、領地の加増及び安堵が言い渡されると腰が抜けそうになっていた。

　逆に微妙な時期に寝返りを打診してきた穴山については扱いが難しい。既に徳川の臣下となっており、信長といえどその人事に口を出すことは出来ない。

「甲州には『泥かぶれ』なる病がある。穴山殿はこれに対する陣頭指揮を執っていただきたい。詳細については織田家相談役より追って知らせるゆえ、この病の根絶に向けて尽力されよ」

信長の言葉を耳にした穴山は安堵から胸を撫でおろした。『泥かぶれ』という死病に対し、一から指揮系統を構築しなおすよりも、地元の住民と繋がりがある領主を頭に据える方が効果的だと判断されたのだ。

これによって穴山の領土は安堵され、徳川家配下の臣として仕えつつ、甲州全域を蝕《むしば》む死病と永い戦いを始めることになる。

「はっ！　この穴山、己《おの》が一命を賭して取り組みまする」

信長の裁定とそれを受け入れた穴山を見て、家康もホッと一息ついた。南部から侵攻していた徳川軍は、甲府盆地付近の流行地にて『泥かぶれ』の罹患者を直接目にしていたからだ。

第二次東国征伐に於いて南部から北上するルートを取る徳川軍に対して、静子は家康に『泥かぶれ』の詳細を伝えていた。

水の中に棲む目に見えない虫が腹に巣くい、人を死に至らしめる等《など》という当時からすれば荒唐《こうとう》無稽《むけい》な話も、他ならぬ静子からの情報であることと、詳細な病理について記された資料及び写真という説得力のある視覚情報が決定打となった。

そうしたこともあってか、家康は穴山を受け入れた後に現地を案内させた。そこで彼は地獄絵図にある餓鬼のように腹を膨らませ、手足が棒のように痩せ細った住民を見ることになる。

そこから家康は『泥かぶれ』に対して万全の注意を払うこととなった。朝露を含んだ草から感染することを恐れ、静子から貸与された生石灰を撒いたり、防備を固めた兵に下草を刈らせたりなどして安全を確保しつつ進軍した。

その結果、進軍速度は大幅に落ちて新府城落城までに合流できなかったが、実際に防疫をしつつ進軍するという得難い経験を積むことが出来た。

この『泥かぶれ』が人から人へと伝染することはない。中間宿主であるミヤイリガイを経由しなければ、感染能力を持つセルカリアに成長できないためである。ただし、糞便や尿に含まれる虫卵が河川に流れ込み、ミヤイリガイを経由して間接的に感染することはある。

未知の恐ろしい死病の現状を知った家康は、穴山が『泥かぶれ』撲滅に注力することにもろ手を挙げて賛成した。

「これを以て論功行賞を終わりとする。わしはこれより安土へ戻るゆえ、子細については追って連絡があろう」

「お待ちくだされ、織田殿」

言うべきことを言い終えた信長が席を立ち、大股で室内から去ろうとしたところを家康が呼び止めた。信長が鋭い視線を投げかけるが、彼は柔和な笑みを浮かべて言葉を継いだ。

「何やら富士の山を見物されると耳にし申した。そうであるならば是非に我が領をお使いくだされ。富士の山を望む景勝地をご案内いたしましょうぞ」

「……確かに富士の山は難所と聞く。ならばお言葉に甘えるとしよう」

「お任せくだされ」

流石の信長も直接富士登山できるとは思っていなかった。精々が見晴らしの良い丘から日の出を反射して輝く富士を写真に収めて帰るつもりであった。

しかし、そうした景色を一望できる場所についての見当はついておらず、行き当たりばったりの感は否めない。

そこで家康の提案はまさに渡りに船であった。そしてここからが家康の腕の見せどころとなる。信長一行の案内を務めるということは、その露払いをも含む。

つまり道中でならず者に遭遇するなどというハプニングが万に一つでも起こってはならないのだ。家康は家臣に指示を出し、信長一行が通行するルートを定めると、その整備を命じた。

道行《みちゆき》に山があれば山狩りを行い、増水して橋が落ちた川があれば突貫工事で再建させた。更に宿所となる寺社に関しては、先触れを出して総出で清掃を行わせ、金銀を寄進して宿坊はおろか、信長に従う兵士たちの寝床まで作り上げさせた。

そうして家康が張り切っているなか、信忠と長可は僅かな休息を満喫していた。

「此度のいくさは概ね落ち着くところへ落ち着きましたな」

「まあ総大将が功なしというケチはついたがな」

熱い茶をすすりながら混ぜっ返す信忠の様子に長可は意地の悪い笑みを浮かべる。

「そう言いながらちゃっかりと本命の婚姻を勝ち取っておられる辺りは、ぬかりありませぬな」

「武田の当主を討ち取ったという名声と、東国征伐を成功に導いたという実績。これが揃えば松を娶ることに異を唱えることは出来来ぬよ」

「流石に勝手が過ぎると上様はおかんむりでしたぞ？」

「信賞必罰を徹底するため表面上は怒っているように見せておられるが、結局のところお咎めなしで赦されておる。終わり良ければ総て良しだ」

「あの怒気は本物に思えましたが、まあ良いでしょう。それよりも信勝は如何でした？」

「長じれば恐るべき使い手になったやも知れぬ」

勝頼が討ち死にした後、自刃して後を追うかと思われた信勝だが、予想に反して信忠に一騎打ちを申し込んだのだ。

元より父を打ち負かした信忠に勝てる道理は無いのだが、それでも座して死を待つよりは最期に一矢報いんと挑んだのであろう。

結果は、まともに打ち合うこともなく一刀の下に切り伏せられた。一騎打ちを前に信勝は家臣に後を追うことを禁じたため、彼らは武装を捨てて織田軍に下った。

見分が終わった勝頼の首と、信勝の遺体を返された北条夫人は、出家して終生彼らを弔って過ごすということだった。

「それよりも問題は『泥かぶれ』だな。何やら静子が計画を立てているらしいが、詳しいところはまだ上がってきていない。方針としては流行地から住民を隔離するところから始めると言っていたが」

「え!? 病魔に蝕まれた奴を動かしても大丈夫なのか？」

驚いたのか、咄嗟に元の口調に戻った長可が信忠に訊ねる。

「ああ、何でも腹の中に虫が溜まる病らしい。病人の腹に詰まっている虫は、滅多なことでは他の人間に悪さしないそうだ」

「ああ、写真で散々見せられたアレだな。小指の爪の先にも満たない大きさらしいが、そんな目に見えない虫がうじゃうじゃいるってのはゾッとする話だ」

「何でも寄生虫という生き物らしい。他人の生き血を吸って肥え太る蛭みたいな生き物だな」

「なるほどな。目に見えないというのは厄介だが、あの何とか言う貝を根絶やしにすれば良いんだろ？」

「ああ。しかし、それが途方もなく難しいと聞く。貝の数が途方もない上に、水場だけでなく陸にも居て、少しでも残せばあっと言う間に増えるらしい……」

『泥かぶれ』の根絶という壮大な難事の一端を垣間見た二人は、その穴の開いた柄杓《ひしゃく》で水を掬うが如き所業に暗澹《あんたん》たる気持ちになった。

『泥かぶれ』撲滅の第一歩は史実通り病理解剖で幕を明けた。いくら病理の機序を知っていても、実際に開腹して肝臓の状態を確認し、間違いなく『日本住血吸虫』の仕業であると確定せねばならない。

幸いにして戦時であったため、検体には事欠かなかった。戦死した遺体のうち、身長が低く痩せ細り、腹が膨らんでいる者を選んで腹を開いた。

従軍していた防疫部隊である金瘡医《きんそうい》衆は、水を通さない樹脂製の手袋や前掛けに身を包み、遺体の腹を切り開いて肝臓を露出させ、その門脈に刃を入れた。

切開された門脈内部は虫卵が詰まって炎症を起こし、それを盛り上がった肉が包み込むという肉芽腫《にくげしゅ》を形成していた。ここで初めて『泥かぶれ』の病変とその原因が確認された。

これらの作業と並行して中間宿主であるミヤイリガイの回収、村人への聞き取り調査が行われ、急速に研究拠点が構築されていった。

『泥かぶれ』を究明する金瘡医衆たちは静子から史実通りの実験を行うよう指示されており、決められた手順に従って着々とデータを積み重ねている。

こうした研究体制が整うのを見届けた信長は、川沿いを避けて徳川軍と共に南下しつつ富士山を目指していた。

「これが日ノ本一と名高い霊峰、富士か！」

家康に案内された場所から眺める富士山はまさに絶景であった。折よく雲一つない青空は晴れ渡り、裾野から麓までを染め上げる緑が鮮やかに見え、途中から白く残雪の残った山頂部が輝くようであった。

絶景に見惚《みと》れていた信長は我に帰ると、即座に技術者たちへこの眺望を写真に収めるよう命じた。望遠レンズや高感度フィルムなど望めない中での撮影は難航したが、それでも何とか美しい富士山を閉じ込めた写真を残すことが出来た。

終始上機嫌の信長であったが、家康は水上の白鳥の如く優雅な笑みを浮かべつつも、水面下では必死の努力を続けていた。

無理を押してまで信長を招いて接待を続けている理由は、今後の織田家に対して徳川家が持ちうる影響力を示す必要があったからであった。

今までは武田の侵攻を阻む最前線としての存在価値が認められていた徳川家である。その武田家が滅んだ以上、今後はその利用価値の低下に伴って徳川家の地位が下落する恐れがあった。

北条を攻め滅ぼすに当たって是が非でも徳川家の協力が必要と楽観視できるような状況ではも

はやない。今回の甲州征伐に於いて大活躍した長可の戦果を見るに、織田家のみでも充分攻略できると見る方が自然だ。

「かねてよりの約定から駿河を得たが、この先についてては見当がつかぬ」

現在の徳川家は三河、遠江《とおとうみ》、駿河の三か国を擁するが、このまま織田家が躍進を続けた場合に自主独立を貫けるかは疑わしい。少なくとも今後十年を見据えて行動を決定する必要があると家康は考えていた。

しかし勝ちいくさに沸きたつ徳川家に於いて、このひりつくような緊張感を抱いているのは家康のみであった。他の家臣たちは今日と変わらぬ明日が続くと信じて疑わない。

それでも同盟の重要人物である信長をもてなすことが国の行く末を左右しうる重大事であるという認識は共通していた。そんな彼らに立ち塞がったのが天竜川の渡河であった。

「暴れ天竜（天竜川のこと）に橋を渡すなど古今《ここん》未曽有（古くから今まで一度もあったためしがない様）の大仕事ですぞ！」

「小天竜は渡せども、大天竜は叶いませぬ」

「ここは安全を取って船便で渡しましょうぞ」

現在の天竜川は流域が一本化されているが、この時代では東に一本、西に二本の川が流れていた。東を大天竜、西を小天竜と呼び、諏訪湖を水源地とした膨大な水量を誇る河川であった。

そのため、ひとたび大雨が降れば頻繁に洪水を起こすことから『暴れ天竜』とさえ呼ばれていた。記録によれば元禄から明治初期にかけての約百七十年間で、大小四十回の洪水が発生している。

単純計算でも五年に一回は洪水が発生する計算となり、橋を架けるなど夢物語であり、架けたはしから流されるのが落ちだと考えられていた。

しかし、家康はその『暴れ天竜』を制して船を浮かべて連結し、その上に木板を渡した船橋を架けると言い出した。通常では出来ないことを為すから人は感動するのだと説き、どれほど資金が掛かろうとも成し遂げよと厳命した。

かくして信長一行がゆるりと歩みを進める裏で、周辺一帯から船を根こそぎかき集め、大工を誘拐まがいに連れてきて工事に従事させた。

こうした決死の努力が実り、信長が天竜川へと到着する頃には見事に一列に繋がった船橋が架かり、一行が渡り終えるまで崩れることもなかった。

突貫工事を行ったためか、船の大きさがまちまちであり、橋板がいたるところで傾いていたり、歩くのに難儀するほどの段差が生まれていたりもした。

しかし、信長はそれらを見ても何も言うことなく終始上機嫌で旅を楽しんだ。

「お帰りなさいませ」

そんなご機嫌な信長を待ち受けていたのは、未だかつて一度として目にしたことのないほどの怒りを湛えた静子の姿であった。

普段温厚な人間であるほど、豹変した際の落差が大きいと言う。身を以てそれを知った信長は、己に降りかかる災厄を思って身震いするのであった。

静子邸の主要部から少し離れた場所に蔵と見紛う建物が存在する。敷地の片隅にひっそりと佇むそれはユダヤ人である虎太郎《こたろう》の住居兼研究室であった。

彼は自分の興味があることに没頭すると寝食を忘れるほどに集中するため、掃除等もおろそかになる上、醸造の研究をするため強烈な臭気を出すこともある。

このため静子に頼み込んで、離れた位置に己だけの城を構えたという経緯があった。そんな彼は総じて早起きなのだが、この日は二度寝を決め込んでいた。

「安息日ぐらいはな……」

安息日であるということを大義名分として掲げ、虎太郎は布団を引き寄せて丸くなった。

ユダヤ教に於ける安息日《シャバット》とはただの休日にとどまらず、神聖な日であると定義される。

ユダヤ教にもいろいろと祝祭日が定められているのだが、十戒に定められているのは安息日だけだからだ。

日本人の感性で言うならば、中世に於けるお正月の印象が近いだろう。当然のように店も閉店し、この日に働くのは非常識とみなされるほどである。

厳密なユダヤの暦に従うならば、一日は前日の日没から始まり当日の日没で終わるため、金曜日の日没から土曜日の日没までが安息日となる。

この安息日に働いた者への罰則はなかなかに強烈で、『出エジプト記』によれば安息日に働いたものは「必ず殺されるであろう」と規定されているほどだ。

しかしこの労働というものの定義があやふやであるため、人によっては家事すら禁ずるユダヤ教徒もいる。

『タルムード』と呼ばれるユダヤ教の律法を厳格に守ろうとする原理主義者たちは、時として人命救助すら否定し、救急車両への妨害行為に及ぶことすらある。

これは極端な例ではあるが、ユダヤ教徒にとって安息日とはそれほどに重要な日であり、尾張に住まう多くの人にとっての休日が日曜日であるにもかかわらず、虎太郎には土曜日の休息が許されていた。

「ふあぁ～、よく寝た」

たっぷりと数時間も二度寝を堪能した虎太郎は、昼過ぎに起きだした。洗顔を済ませて手早く着替えると、彼は母屋にある厨《くりや》へと向かう。

既に日は中天を過ぎているため、昼餉の時間は過ぎてしまっているが、使用人たちの賄い飯には間に合うだろうと考えたからだ。

しかし虎太郎の願いむなしく、厨に人気《ひとけ》はなく静まり返っていた。偶然通りかかった下男をつかまえて事情を聴くと、今日は来客の予定等もない上に、陽気に恵まれたため皆で外で食べているとのことであった。

当てが外れた虎太郎は少し唸り、今更交ざりに行くのも興覚めだと考え、城下町まで出向くことにした。

皆が城下町とは言うものの城は存在せず、静子邸を中心に五つほどの区画に分かれて広がっている建造物群を指す。

それぞれの区画はその性質によって棲み分けがなされ、中でも娯楽施設や飲食店などが軒を連ねる歓楽街は人気を博している。

これらの城下町には太い舗装路が目抜き通りとして通されており、港町から運び込まれる多くの物資を遅滞なく行き渡らせるため、新鮮な海の幸から異国の食べ物までが揃う魅惑のグルメスポットとなっていた。

ゆえに静子邸を抜け出した虎太郎は、そちらへと足を向けるのだが生憎《あいにく》と現金が心許《こころもと》ないことに気が付いた。

「ツケ払いにするしかないか。飯代程度で利子と手数料を取られるのも業腹だが仕方ない」

ツケ払いとは信用取引の一種であり、史実に於いても江戸時代には身元がしっかりしている者ならばツケが可能であった。

ツケの回収は盆と年の暮れの二回が基本とされていたが、江戸を離れる際には清算を済ませるという決まりになっていた。

ツケ払いは利用者にとっては便利だが、店側としては収入が半年先になってしまうため日銭を稼いで経営する飲食店などでは致命傷ともなり得る。

故にツケの回収にまつわる騒動は季語になるほどであり、掛取万歳《かけとりまんざい》という落語にまで昇華される風物詩ですらあった。

この時期は刀を提げている武士より、借金取りの方が恐ろしいと川柳に歌われた。

静子の城下町に於いてもツケ払いは行われている。しかし江戸時代のそれとは大きく異なり、間に債権回収機構が介在する。

静子の御用商である田上屋《たなかみや》と織田家の共同出資による銀行が発足し、尾張銀行の名を冠して広く金融業を営んでいた。

ツケ払いに際してはこの銀行が仲介して支払いがなされる。店側は支払いがないまま一か月経過したツケを額面通りの金額で銀行に売却し、銀行はツケの額面に手数料と利子を上乗せして回収する。

尾張銀行に口座を持っていればそのまま引き落とされて取引は完了するが、代金が不足していたり口座を持っていなかったりすると過酷な取り立てが始まる。

尾張銀行は半官半民の企業であるため、この取り立てから逃げることはできない。滞納が続けば最終的に年貢に上乗せして取り立てられることになり、それでも足りない場合は鉱山等の過酷な環境での強制労働が科されることもある。

更には銀行が管理する信用情報に要注意人物として記載され、この信用情報を照会する全ての店でツケ及び借金が出来なくなる等のデメリットが生じる。

普通に生活している限りこのような事態になることは無いのだが、色街や賭博場ではこの限りではないため、身を持ち崩す者は一定数居るのである。

「普段お屋敷から出ない故、現金を持ち合わせないのだが、こういった折には不便だ。一定額を引き下ろして持つようにするかの」

部屋着から外出着に着替えた虎太郎は、城下町へと向かうため人力車の停留場へと向かった。静子邸から城下町までは徒歩、もしくは人力車を利用することが多い。

静子邸は訪れる人も、静子邸から出かける際の利用者も多いため停留場には多くの人力車が待機している。

そして人力車には幾つかのランクが存在し、乗車賃の最も安いものは木製座席を備えただけのシンプルな構造、最も高級な人力車に至っては車軸と座席の間にバネ式サスペンションが設けられている。

座席も革張りのシートに綿入りの背もたれが設《しつら》えられた豪華な仕様となり、更には日除けの覆いも掛けられており、全天候で快適な乗り心地を提供してくれる。

そして虎太郎は迷わず最上位の人力車を選んだ。何故なら静子邸の使用人には福利厚生の一部として人力車の利用回数券が支給されているため、現金がなくても気軽に利用できるのだ。

虎太郎は俥夫《しゃふ》に目的地を伝えるとそのまま人力車に乗り込んだ。俥夫は同じく待機している仲間に一声かけると、台座と繋がっている柄を曳いて進み始めた。

「今日は良い天気だな、ご隠居」

「ご隠居ではない、虎太郎で良い。今日は寝坊が過ぎて昼を食いそびれたんだ」

「それじゃ虎太郎爺様、腹が空いてるだろうし、ちょいと急ぎますぜ」

「あいや、それには及ばぬ。移動時間で何を食べるか思案するゆえ」

「然様《さよう》ですかい？　近頃じゃ寿司ってのが人気だそうですよ。ちょいと値が張るそうですがね」

「ほほう、寿司とな？　どんな料理なんだ？」

「あっしも食ったことねえんで聞いた話になりますが、なんでも生の魚を酢飯に載せて食べるそ

うです」

「生魚か……わしは異国の出ゆえ、生魚を食う習慣が無いのだが。繁盛しているからには旨いのだろうな」

「おや、南蛮のお人でしたか。仲間内で食ったやつが言うには、また食いたいと思うほどには旨かったそうですぜ」

「ここじゃ異国の人間もさほど珍しくないからの。折角だから今日はその寿司とやらを食べるとしようか」

倖夫とたわい無い会話をしている内に飲食店が軒を連ねる区画に到着した。昼時を過ぎたとはいえ往来は多くの人で混雑しており、慣れない者は流れに逆らうことにすら苦労する。

しかし人力車は高貴な人物が乗っていることも多く、自然と人が避けてくれるためスイスイと進んで目的地にあっさりたどり着いた。

倖夫は寿司屋の前で足を止めると、人力車の柄を地面に置いて座席の下に格納されている踏み台を引き出して虎太郎の降車を補助する。

「ご苦労であった」

「毎度あり！　暫くはここに居るんで、良かったら帰りにも声かけてくんな」

倖夫に手を引かれて地面に降り立った虎太郎は、回数券で運賃を支払った。倖夫はそれを笑顔で受け取ると、店の横に人力車を寄せて休憩をし始めた。

高級人力車の利用者は限られており、あくせく客を求めて走り回るよりも確実な客の見込めるここで待つのも戦略の一つなのだろう。

「万が一寿司が口に合わなかった場合は、別の候補も考えておかねばならんな。焼き鳥とビールも悪くは無いが、代《ご》り映えがせぬし、蕎麦《そば》という気分でもない」

そう独り言ちながら虎太郎は寿司屋の暖簾《のれん》をくぐった。虎太郎の常識では生魚が存在すれば、すなわち生魚特有の生臭い悪臭がするはずであったが、寿司屋からはそのような臭いがしなかった。

「いらっしゃい！」

店の奥からは店員の威勢の良い声がする。愛想の良い笑みを浮かべている男に対し、虎太郎は軽く笑みを浮かべて会釈をする。

案内されたカウンター席に腰かけた虎太郎が周りを見回すと、他の客が旨そうに口に運んでいるものは飯の塊に魚の切り身が載せられたものであった。

店の壁にはお品書きの板が並んでおり、そこには魚の名前と値段が書かれている。ここ尾張で流通している通貨単位は『円』であり、経済成長を続けている尾張ではインフレ傾向が続いている。

値段はネタにより様々だが、三百円から千円ほどである。寿司自体のサイズが現代のそれより倍ほどに大きいため、かなり食べ応えがありそうに思える。

しかし虎太郎には魚の名前がよく判らないため、寿司屋の主人にお任せで握ってもらうことにした。

「まずは鯛の握りからお出し致します」

「ほう！　これが鯛か。なんともさっぱりとしていて旨いな」

旬の鯛は淡泊ながらも旨みがあり、酢飯の甘酸っぱさが後味をさっぱり食べさせてくれる。懸念していた生臭さは欠片もなく、瞬く間に平らげてしまった。

「お客さん、良い食べっぷりだね。それじゃこいつはどうだい？」

次に出てきたのはヒラメのエンガワであった。一見するとなんの魚かよく判らないぶよぶよしたものが載っているように見えるのだが、虎太郎は店主を信頼して口に放り込む。

ヒラメのエンガワはよく動く部位であるため、非常に脂が乗っていて美味しい。コリコリとした歯ざわりと、溢れ出す脂と旨み。そしてややしつこいそれをさっぱり食わせるためにシソの葉が忍ばせてあった。

「こいつは旨い！　こんな肉は食ったことがない！」

店主は虎太郎の様子にはにかみながら生け簀《いす》を指さし、底の方に沈んでいるヒラメを示した。

「お客さんの召し上がったのはそいつの身でさあ。ちぃと見た目は悪いが、味は一級品でやしょ？」

「なんと平べったい魚なんだ！　このような魚が居て、それがこれほどに旨いとは……世の中は広い。長生きはするもんじゃのう！」

異国人である虎太郎の食いっぷりと、物怖じせずに挑戦してくれることに気を良くした店主は次々と自慢の寿司を披露した。

「ふう……美味であった」

「お粗末様です」

最後に出された浅漬けの寿司を食べ終えた虎太郎は、熱いお茶を飲みながら一息ついていた。

虎太郎は店主に自分が領主である静子の家人であり、またすぐに食べにくると約束してツケ払いをすると店を後にした。

「ありがとうございました。またのお越しをお待ちしております」

店を出た虎太郎は周囲を見渡す。すると来るときに乗ってきた俥夫が煙草を吹かしながら休憩していた。

「お、お戻りですかい？　いかがでした？」

「ふふふ。口で言うよりも早いと思ってな、こんなものを用意して貰った。素晴らしく旨かったぞ」

　そういうと虎太郎は俥夫に持ち帰り用の寿司を手渡す。

「いいんですかい？　では遠慮なく頂戴いたしやす。それじゃお屋敷までお寛ぎくだせぇ」

　そう言って寿司を大事そうに座席下の荷物置きにしまった俥夫は、軽やかな足取りで走り始める。

　腹が満たされた虎太郎は僅かに伝わってくるリズミカルな振動に身を任せ、ひと時の昼寝を始めるのであった。


　食の趣向は千差万別。地方や国は言うに及ばず、下手をすれば同じ村内ですら異なることも珍しくない。

　そしてここ尾張では日ノ本、いや世界広しといえども他に例を見ないほどの多様な食文化が花開いていた。

　現代のそれと比べれば微々たるものだが他では禁忌とされている牛馬の肉すら流通し、鶏肉に至っては庶民が日々口にできるほど安価で流通し始めている。

　また海が近いという立地に恵まれているため、新鮮な魚介類が市場を賑わせ、養殖業が盛んなお陰で安価で安定した供給がなされているのだ。

更には海運も盛んに行われており、日ノ本全土から様々な農産物が運ばれてくる。米や小麦、大豆などを原料に酒、酢、醬油、味噌などの各種調味料も醸造しており、料理人が腕を磨くために尾張を目指すほどであった。

中でも飲食店街に店を構えることが出来た者は世間一般に成功者とみなされるが、その実他店との熾烈な生存競争が始まるため安穏としているわけにはいかない。

それら飲食店の中でも特に競争が激しいのが蕎麦屋であった。

「ふぃ～。流石は尾張だな。蕎麦の種類が充実してる」

心地よい満腹感と共に息を吐きだし、五郎《ごろう》は丼をテーブルに置いた。彼は蕎麦の研究という名目で、蕎麦屋を食べ歩きしている。

先ほどまで五郎が食べていたのは「かけそば」と呼ばれ、蕎麦に熱いそばつゆを掛けただけのシンプルなものだ。店によってトッピングが異なるのだが、この店では青ネギとワカメが入れられていた。

「うーん。これは二番粉だろうな。割合は二八ってところか」

記憶を反芻《はんすう》しながら五郎は蕎麦を分析していた。

蕎麦は挽き方によって大きく三種類に分けられる。蕎麦の実を挽きこむと最初に中心部から粉になり、これを一番粉と呼ぶ。でんぷん質が多く色が白いため更科《さらしな》とも呼ばれ、歯切れ良く弾力に優れ、喉越しが良いという特徴を持つ。

　蕎麦の実を挽き続けると、胚乳部や胚芽部も粉になり、これを二番粉と呼ぶ。これは一般に挽きぐるみとも呼ばれ、蕎麦特有の香りや風味に優れている。

　最後に最も外殻に近い部分から挽き出された粉を三番粉と呼ぶ。色合いも黒く、タンパク質を多く含む三番粉は藪《やぶ》とも呼ばれ、強い蕎麦の風味が特徴となる。

　次に五郎が口にした割合とは、小麦粉と蕎麦粉との混合割合を指す。蕎麦粉だけで蕎麦を打つ方が風味も香りも良くなるのだが、粘りが少ないためぼそぼそとした仕上がりになってしまう。熟達者であれば蕎麦粉十割でも滑らかな蕎麦を打つのだが、これに小麦粉を二割ほど加えてやるだけで誰でも簡単に美味しい蕎麦を打つことができるようになる。

「つゆは鰹節と昆布を基本に、近頃流行りの『かえし』を入れてやがるな。なかなかに研究しているようだ」

　かえしとは醤油、味醂、砂糖を煮詰めて作る混合調味料であり、冷まして数日寝かせることで醤油の塩味がまろやかになったものを言う。

　元々尾張の蕎麦は醤油を鰹節から取った出汁で割っただけのつゆで食べるものだった。しかし、偶然外食していたみつおが「ご店主、つゆにかえしは入れないんですか？」と口にしたことで広まり始めた。

蕎麦は手早く食べられて満腹感があることから肉体労働者が好んで食べていた。そのため塩味がきつい方が良いと思われていたのだが、みつおのアドバイスを聞き入れた店主が『かえし』を加えたつゆで食べてみると上品な甘みに魅了されてしまった。

誰が食べても一口でその旨さに気が付くほどに差があったため、その店はたちまち大繁盛となり、競合店も偵察に訪れてはその味に驚くことになる。

しかし『かえし』の秘密は毎日店に通えば、徐々に明らかになってしまう。砂糖由来の甘みは一口で判るし、煮詰めている香りから味醂の存在は明らかだ。色を見れば醤油が入っているのは一目瞭然。

となれば他店が真似を始めるのは時間の問題と言えた。五郎は蕎麦の代金として店主に尾張独自の通貨で五百円を渡して店を出る。

貨幣流通黎明期であるにもかかわらず数字がインフレしているのは、静子が導入に関わっており大工が一月に貰う賃金を三十万円として見積もってしまったことが要因だ。

日常的に千まで数えることなど無い生活を送っていた庶民は少々面食らうことになるのだが、万の単位で計算できる尾張領民の姿を見て負けてなるものかと発奮した結果、尾張を訪れる旅人までもが大きな数字でやり取りすることに慣れていった。

扱う桁数が大きくなると微妙な値段調整がし易いというメリットがあり、切りの良い数字から僅かに値引きして安く見せる手法なども登場し始めている。

「よう、そっちはどうだった？」

五郎が店を出ると、そこには既に四郎《しろう》が待っており、五郎は片手を上げながら近づいていった。

五郎の存在に気づいた四郎は、連れだって歩きながら会話を始める。

「俺は、しばらく蕎麦を食べたくなくなった」

「奇遇だな、俺もだよ。だが我らがご主人様は旨い蕎麦をご所望だ」

二人は同時に大きなため息を漏らした。彼らのご主人と言えば濃姫を指す。雇われの立場にある彼らが濃姫の希望に対して否と言えるはずもなく、また言ったところで聞き入れられないのは目に見えていた。かつてはあれこれと濃姫の狙いを逸らすべく、他の料理を提案などもしたのだが二人の思惑など最初からお見通しと言わんばかりに、結局元の要望へと立ち戻ってしまう。最終的に二人は白旗を上げて降参するのだが、そんな二人に濃姫は楽しそうに言った。

「面白い余興であった。なかなかに楽しめたぞえ」

彼女の言葉で二人は悟った。知恵を絞って考え抜いた策ですら、濃姫にとっては余興に過ぎず、さっさと本題に取り掛かった方が楽なのだということを。

「まあ織田のお殿様のご正室だからな」

「然《さ》もあらん。だが愚痴を言っても始まらない。ご主人様にご満足いただけるネタは見つかったか？」

「ご主人様だけならば何とかなるやもしれぬが、お姫様方もとなると難しいな」

「避けては通れない道なのだろうな……」

二人が口にしているお姫様方とはお市及び、彼女の娘たちである。濃姫とお市は頻繁に交流をもっており、彼女たちがそろえば当然一緒に食事をとることも多い。

濃姫とお市だけであれば大人の好みに合わせれば問題ないのだが、茶々《ちゃちゃ》や初《はつ》、江《ごう》の三姉妹は子供ゆえに選《え》り好みが激しい。大人が美味しいと感じるものも、子供の鋭敏な味覚には合わないことが往々にして起こるのだ。

「これだからご主人様の料理人は補充がされないんだよ……」

「貴人からの覚えが目出度《めでた》くなるとあって希望者は多いが、続かないんだよな……」

「料理人として腕を磨ける最高の場所でもあるんだが、同時に最高の結果を常に求められるからしんどいな」

「研究費用に食材や調理道具も望むがままだが、結果を出せねば容赦なく解雇されるからな」

「ああ、堺の老舗《しにせ》で腕を振るっていたって奴が、見事に上様のご不興を買ったしな」

「堺での流儀が当たり前のようにここで通用するって、なんで思ったんだろうな？」

思えば話題に出た男は不運であった。その男は自称したように堺の老舗旅館で料理人を務めており、目利きも包丁の腕も確かであった。

しかし、長く堺で責任ある地位についていたためか、堺の基準こそが最高のものであると自負しており、尾張の気候や風土に合わせた味付けをしようとしなかったのだ。

尾張よりも堺に近い安土の屋敷にて調理を任されたことも一因ではあったのだろう。濃姫は面白がって何も口を出さないため、四郎や五郎がそれとなく諭したのだが、彼は聞き入れなかった。

如何に信長といえど、一度の失敗で追放するような真似はしない。彼が最初に出した料理に対して、全てに箸はつけたものの完食したものは僅かであり、それを以て味付けに不満があったことを表明した。

その意図は社交儀礼にも詳しいその男には正確に伝わったのだが、彼は信長の方が変わるべきだと己の味付けを変えなかった。

二度目の膳でも丸で味付けを変えなかった料理人に対して、それでも信長はチャンスを与えた。今度は小姓を通して直接自分の好みを伝えさせ、尾張風の味付けを食べさせて欲しいとの要望を伝えさえした。

料理人は仕える主君の配偶者であり、天下人と目される信長からそこまでされても尚、己の方針を変えなかった。その結果何が起こったかは語るまでもないだろう。

「比喩じゃなくて文字通り首が飛ぶのは勘弁して欲しいよな」

「そういう意味では、どんな時も声すら荒らげることのないご主人様の方が気楽なんだろうが……俺はいつも穏やかな笑みを浮かべておられるからこそ恐ろしい……」

「判る気がするぜ。ご主人様の恐ろしさは頭で理解するんじゃなく、こう本能で感じ取ってしまうんだよな」

二人は互いに顔を見合わせて苦笑する。二人とも濃姫のお抱えとなって以来、彼女の無茶ぶりに付き合わされてきた。

二人が静子と異なる点は、その無茶ぶりが料理という一分野に限定されていることだろう。とは言え「こういう料理があると耳にした」とか「南蛮由来の食材を手に入れたので料理してみせよ」などと正解の見えない課題に挑戦させられることが多いのだ。

「こうしてみると、ご自分の希望を伝えてくださる上様が如何にお優しいかがわかるよな」

「……折に触れて思うのだが、ご主人様は俺たちが無理難題にあたふたしている様を楽しんでおられる節がある」

「まあお眼鏡に適えば、相応の報酬をいただけるからやりがいはあるのだがな」

「俺は報酬よりも、気の休まる時間が欲しいよ」

「言うな。無いものねだりをしても仕方ない」

女性蔑視が当たり前の世の中だが、貴人の奥方であれば別の話だ。特に織田家に於いて濃姫に逆らうことは死を意味すると、まことしやかに囁かれるだけに彼女に振り回されている二人を笑う者は一人としていない。

何せ時として上様すら手玉に取る御仁である。しがない料理人ごときが出し抜ける存在ではあり得ない。無駄な抵抗をしないで、速やかに彼女の希望を叶えることが最善の道であると二人は悟っていた。

「今回は『旨い蕎麦』としか言われなかったよな」

「珍しく簡単な注文だな」

二人が尾張まで出向いて蕎麦の食べ歩きをしているのは、例によって濃姫から「旨い蕎麦を食べたい」という要望があったからだ。

今までのようにどういう料理を出せば正解か判らない手探り状態とは裏腹に、明確な目標が与えられたことに彼らは安堵し、蕎麦の激戦区である静子の城下町へと訪れているのだった。

「いや、おかしい。あのご主人様のことだ、旨いだけの蕎麦をご所望なさるか?」

少し考えこんでいた四郎は、疑問を口にした。ただ旨い蕎麦が食べたいだけならば、わざわざ二人を呼び出すまでもない。わざわざ調査などしなくとも、静子を経由してその時最も旨いとされる蕎麦を取り寄せることすらできるのだ。

四郎の疑問を耳にした五郎は急に不安になった。自分たちは何か大きな勘違いをしているのではないか？　何かを見落としているのでは無いかと疑心暗鬼に陥る。

「ご主人様の性格を加味すれば、是とは言い難いな。俺らが苦悩する様子を楽しんでおられるのだから、今回も何か落とし穴があるのかも……」

「ご主人様の言葉を一言一句思い出すんだ。他にはなんと仰っていた？」

「確か『毎日食べても飽きないような、旨い蕎麦を食べてみたい』と……」

「それだ！　その枕にある『毎日食べても飽きない』が肝要だ。ただ一回きりの旨いでは駄目なのだろう」

ようやく合点がいったと四郎が頷いた。

「どうしろってんだ？」

「どれほど旨いものでも毎日それればかり食えば飽きるだろう？　つまりご主人様は仮に毎日蕎麦を食う羽目になっても、飽きがこない変化に富んだ旨い蕎麦をご所望なんだよ」

「なんてこった。旨いってのはあくまで前提条件だったのか……意地が悪すぎる」

濃姫の謎かけじみた要求の真相に五郎は閉口する思いだった。しかし二人は濃姫がそれだけ自分たちを買ってくれていると思い直し奮起する。

濃姫は絶対にできないような無理難題を吹っ掛けることはしない。懸命に頑張ればなしえるぎりぎりを毎回攻めてくるだけなのだ。裏を返せば二人はそれだけ期待されているという証拠にもなる。

「なあ四郎さんや、ちょっと思いついたんだが」

そう言うと五郎は四郎の耳元に口を近づけて何事か囁いた。最初は怪訝《けげん》な表情を浮かべていた四郎だが、その表情が徐々に笑みへと変化していく。

二人は認識を共有すると二手に分かれて食材の買い出しに走り出す。勝利を確信した二人の足取りは軽く、希望に満ち溢れていた。


「ほほほ。何とも愉快なことを思いついたものよ」

濃姫は眼前に並ぶ料理の膳を見て楽し気に笑っている。なんと彼女の前には五つもの膳が並んでおり、それぞれに異なったものが盛り付けられていた。

一つは冷やした状態でザルの上に盛られた蕎麦。別の膳には湯気を立てるつゆの中に蕎麦が沈んでいる丼。また別の膳には各種薬味としていくつもの器が並べられており、ネギ、ワサビ、大根おろし、唐辛子粉、焼き海苔、梅干し、炒り胡麻、おろし生姜が入っている。

四つ目の膳には山海の幸を揚げた天ぷらが各種盛られており、最後の膳にはすり下ろした山芋、甘露煮にした鰊《にしん》、甘く煮つけられた鴨肉、半熟状態の温泉卵が鎮座していた。

それらの膳とは別に箸休めとして蕎麦掻《が》きと呼ばれる蕎麦粉を熱湯でこねて餅状にしたものや、

蕎麦湯なども添えられている。

「なるほどの。食べる者がその時の気分に応じて組み合わせるのか。大きくは冷たい蕎麦と、温かい汁蕎麦に分かれ、薬味やら具材を組み合わせればその味は何通りにもなろう。確かに毎日食っても飽きぬやもしれぬ」

「はい。そちらにご用意した蕎麦掻きも、海苔を巻いて油で揚げれば一風変わった箸休めともなりますし、他にも蕎麦粉を使った甘味なども研究しております」

四郎の言葉に濃姫は満足そうに頷くと、彼女には珍しい手放しの絶賛を送った。厄介な仕事を無事に成しえた四郎と五郎は、達成感に酔いしれ互いに目配せをしている。

「そういえば、静子の処へ身を寄せた折に耳に挟んだのだがな？」

「!!　これは不調法をいたしました。これからお食事をお召し上がりになるというのに長居しては失礼というもの！」

「然り！　我らはこれにて下がらせて頂きます！　ごゆるりとお寛ぎくださいませ!!」

慌てて濃姫の口上を遮った二人は、蜘蛛の子を散らすように逃げ出していった。足音を抑えることすら忘れるほどの慌てぶりに、濃姫はくすくすと笑いながら呟いた。

「少々悪戯《いたずら》が過ぎたかの」

それだけを口にすると、濃姫は食事を再開するのであった。

千五百七十七年　四月中旬

信長は春だというのに身震いするほどの悪寒《おかん》を覚えていた。

眼前の静子はにこやかに微笑んでいるというのに、身に纏う空気が張りつめており、抜き身の刃物を喉元に突き付けられているかのような息苦しささえ感じる。

信長が静子と出会ってから十年以上もの時が経過しているが、これほどまでに怒りを露わにした姿は目にしたことが無かった。

「う、うむ。今戻った。留守中変わりは無かったか？」

尋常では無い様子の静子に対し、信長は探りを入れるつもりで言葉を投げかけたのだが、運悪く見事に地雷を踏みぬいた。

「本当に変わりがないと、お思いですか……」

心底呆れたと言わんばかりの静子の返しに、信長は己の失言を悟った。しかし、既に放ってしまった言葉を無かったことには出来ないため、更なる言葉を継いで軟着陸を試みる。

「貴様がいつにない様子だからこそ、敢えて聞いたまでのこと。それで、留守中に何があったのだ？　申してみよ」

そうして静子の口から語られた経緯は、信長をして心胆寒からしめるものであった。

ことの発端は信長が電信電話に夢中になってしまったことにある。

これまでの信長は、己が不在時に自分と同等の決裁権を持つ『留守居役《るすいやく》』という職を設け、留守を預かる堀秀政《ほりひでまさ》をこれに任じていた。

しかし、電話という距離と時間を超越する道具に魅入られた信長は考えてしまったのだ。何処に居ても自分が情報を聞いて判断し、指示を出せるのだから留守居役は不要だと。

その結果として信長が慌ただしく東国に向けて出立した後、堀は信長の委任状代わりとなる朱印を託されていないことに気が付いた。

それでも堀は然程《さほど》慌てていなかった。革新的な信長の手によって大胆な権限委譲が推進された結果、軍事ですら各方面軍が独自に判断して動くことが出来るほどの体制が構築されていたためだ。

流石に他国とのいくさを始めるなどの、国家の一大事となれば信長の判断を仰ぎ決裁を受ける必要があったが、大抵のことは配下たちによるその場の判断で事足りていた。

そしてそんな時に限って悲劇は起こる。西国組の片翼である明智《あけち》光秀が新たに削り取った領内に於いて、静子が重大伝染病に指定している『天然痘《てんねんとう》』の流行が報告されたのだった。

天然痘とは天然痘ウィルスによって引き起こされる空気感染性の感染症である。

人類に対して非常に高い感染力を誇り、一人でも罹患者が出れば周囲の人たちの八割近くが感染し、その半数近くが命を落とす恐ろしい病気とされていた。

時として国家が滅ぶ原因にすらなる恐ろしい感染症であるため、静子はこれを重大伝染病と定めて情報が集まってくる仕組みを構築していたのだ。

静子の元いた時代では根絶されて久しい天然痘だが、その恐ろしさは営々と語り継がれていたため、彼女も早い段階から畜産を任せているみつおと連携して対策を練っていた。

それは史実に於いてイングランドの医師であるエドワード・ジェンナーが行った種痘《しゅとう》の導入であった。

種痘とは牛が罹患する天然痘によく似た症状を呈する『牛痘《ぎゅうとう》』に罹患した人は、天然痘に罹患しない、しても重症化しないという経験則に知見を得ている。

ようするに人に対してワザと牛痘ウィルスを植え付け、牛痘に罹患させることで天然痘に対する抵抗力を高めようという免疫療法のはしりであった。

余談だが後年の研究によって牛痘ウィルスと天然痘ウィルスには免疫交差の作用が無いことが判明し、ジェンナーが天然痘ワクチンを生み出せたのは偶然に拠るものであった。

これらを踏まえて静子とみつおは牛痘ウィルスや、馬版である馬痘ウィルスを、病気によって出来る『痘《とう》』（おできのこと）から膿《うみ》や瘡蓋《かさぶた》ごと採取し、ワクチンの材料とした。

これらを二股針と呼ばれる器具の先端に付けて、被験者の上腕部に傷をつけ皮内に植え付ける。こうすると接種後数日で膿疱《のうほう》（膿を内包するできもの）を生じ、約一か月程度で当時『あばた』と呼ばれた瘢痕《はんこん》（ケロイド状のひきつれ）を残して治癒する。

当然ながら医療を専門に学んでいない静子たちの取り組みは上手くいかなかった。静子が戦国時代に来た当初に電子書籍から書き写した情報等を参照し、長く苦しい試行錯誤が繰り返されることになった。

種痘をしたにも拘わらず意図した免疫を獲得できなかったり、種痘が原因で重篤な脳炎を発症する患者が出たりもした。そうした犠牲を乗り越え、毒性が弱いものの免疫は獲得できるウィルスを選別し続けた。

こうした経緯の末、やっと近年になってワクチンを接種することで被《こうむ》るリスクに対し、得られるメリットの方が大きいと誰もが認めるレベルのワクチンが製造されるようになっていた。

このワクチンだが、弱毒化しているとは言え病原性を保持しており、少しでも取扱いを誤れば大惨事を招く可能性があるため、使用に際しては必ず信長の決裁を仰ぐことと定められていた。

静子のお膝元である尾張から徐々に領民に対し、予防接種を拡大しており、その都度信長の了承を得ていたという経緯がある。無許可で行った際には厳罰に処すと明文化されてすらいた。

こうした努力や、栄養状態及び衛生環境が飛躍的に向上していることもあり、主要な織田領内にて実際に天然痘が流行するということは幸いにして起こっていなかったのだ。

しかし、新たに獲得した領土や他国との接触が盛んな最前線は違う。起こるべくして天然痘の流行は発生した。それも最悪のタイミングというおまけつきだった。

医療技術が発展していれば天然痘が発症しても化学療法等で対処可能だが、戦国時代には望むべくもない。基本的に罹患したら隔離して、自然治癒に任せるしか方法が無かった。

しかし、静子たちが開発した種痘を施せば感染前は勿論、最初期であれば感染してもある程度の免疫効果が望めるという希望の星である。

織田家に臣従する重臣としてこれらの情報を共有されていた光秀の行動は迅速であった。

配下から齎された情報に対して裏取りを行い、間違いなく天然痘特有の症状を呈する病人が出ており、それが自身の領内にも恐るべき勢いで広がっているという状況を確認した。

その上で緊急通報として先触れを遣わし、ワクチンを保有及び保管している静子並びに、それの使用決定権を握る信長（不在のため、ここでは留守居役の堀）に助けを求めた。

ところが今回に限って堀は決裁権を与えられておらず、また不幸にも信長が富士遊山に徳川家康を帯同していたため、秘中の秘である電話を用いた定期連絡すら行われることが無かったのだ。

この問題は対応が遅れれば遅れるほどに被害が拡大し、取り返しがつかなくなってしまう。流行地の民たちには移動を禁じ、感染の拡大を隔離することで封じ込めてはいるものの、隔離地域は地獄となる。

　罹患すれば助からない死病が蔓延し、いつ己も病に倒れるかも知れない状況で、領主の兵に囲まれて封鎖された中でひたすらに死を待つのみの民たちの心情は察するに余りある。

「なんと……それでは、わしの気まぐれのせいで助かる民の命が見殺しにされたというのか？　助けられる手立てがありながら日向守《ひゅうがのかみ》め（光秀のこと）にそれをさせたというのか……」

「いえ、私が独断でワクチンを運ばせ種痘を実施しました。明智様と上様の定められた法との板挟みに苦しむ堀様よりご相談を受け、その場で決断しましたゆえ、被害は最小限度に抑えられたことでしょう」

「まことか!?　でかしたぞ、静子！」

「お褒めに与《あずか》り恐縮でございます。そして、それ故に罰を賜りとう存じます」

「な、何を申しておるのだ！　貴様はその場に於いて最善の手を打ったではないか!?」

「今でもあの判断は間違っていないと確信しております」

「ならば……」

「それでも法は守られねばなりませぬ。悪法もまた法なりと申します。たとえ法の側に問題があったとしても、それに反した者が罰されぬのでは示しがつきませぬ」

「わしが定めた法じゃ！　静子の行いはわしが赦す――」

「なりません！　法とは万人が等しく守らねばならぬもの。上の者が守らぬ法など、何の意味がありましょう？　我々は法が絶対のものであると身を以て示さねばならぬのです」

「わしに……わしの尻ぬぐいをした貴様を罰せと言うのか……」

「はい。上様が皆に範を示さねばならぬのです。当然、上様を悪く言う者も現れましょう。それでも尚、堪《こら》えて罰を下して頂きとうございます」

信長はかつて無いほどに苦悩していた。信長自身が定めた規範である『織田家諸法度《しょはっと》』（織田家に連なる者が守るべき法）には重大な命令違反に対する刑罰が規定されている。

今回静子が犯した命令違反は、勝手に諸外国に対して戦争を仕掛けるに等しいとされるものであり、その量刑は領地没収のうえ当主を含む直系姻族に切腹を申し付ける『お家断絶』から年貢の加増までとなっていた。

つまり信長がどれほど手心を加えようとも、最高で静子に死を申し付けることになり、最低限度にとどめても静子が納めている莫大な年貢に対して更に一割を加増して申し付けることになるのだ。

一割増と聞けば「なんだ、その程度か」と思いがちであるが、通常の領地運営をしている者にとって一割もの追加税負担を求めれば可処分所得は激減し、下手をすれば食うに困ることすら起こり得る厳しいものとなる。

更に言うならば静子の場合、本業である農業だけにとどまらず多方面に事業を展開しているため、それら全てに対して一律一割の追加税負担が発生してしまう。

筆頭納税者である静子が納めている税の一割ともなれば、中規模領地の年貢総額に相当し、如何に静子といえども右から左へポンと動かせるような額ではない。

「良いのだな？　貴様の納める年貢の一割ともなれば途方もない額となる。更にそのツケを民に回すことも罷《まか》りならぬのだぞ……」

「はい。幸いにして私には充分な蓄えがございます。痛くも痒くもないとは申せませぬが、領地運営に支障をきたすようなことはございませぬ。ご遠慮なさらず御申しつけ下さい」

「すまぬ。わしが愚かであった、二度と同じ轍《てつ》は踏まぬことを貴様に誓おう」

信長はそういうと静子に対して地面に額をつけんばかりに頭を下げた。もしここが静子邸でなく、誰かにこの様子を見咎められれば大問題となるほどの謝罪であった。

「上様、お顔を上げてください」

静子は信長の前に歩み寄り、彼が握りしめて地面に突いている拳をそっと手にとった。血が滲むほどに握りしめられている拳を優しく解《ほぐ》しながら、静子は彼に語り掛ける。

「此度のことは私も胆が冷えました。横車を押してでも明智様へ御助力せねば、大きな禍根となって上様に返るやも知れぬと思い差し出口を申してしまいました」

「静子……」

「上様、私は上様が描かれる日ノ本の姿を見てみたいのです。些細なことですが、どれほど堅固な堤を築いたとて蟻《あり》の一穴《いっけつ》から崩落を招くことがございます。忠臣である堀様や、明智様のご期待を裏切らないようおつとめ下さい」

こうして今回の騒動は決着することとなった。主君の留守中に専決事項である他領への支援を行った静子へは年貢一割加増の罰が下されることが周知された。

またその追徴した税により基金が創設され、伝染病に対する研究機関を運営し、織田家に連なる者には分け隔てなく医療支援が行われるというものだ。

そしてこの機関に対して伝染病の対処に関する権限を信長から委譲し、緊急時には独自の判断でワクチンの配布等が出来るようになるという。

これを知らされた諸将は、法に対する認識を改めることになった。また、信長自身が己の不明を恥じて法を修正し、二度と同じことが起こらぬよう務める姿勢を見て、厳格な法運用の難しさを知った。

隣国である明の故事に『泣いて馬謖《ばしょく》を斬る』というものがあるが、これが正にそうなのだと語り継がれることとなる。

われた。


　信長が甲州より戻り、安土城へと入ったのち、彼の留守中に起こったことに対しての処理が行
　諸将に対して法を犯した静子を処断する旨が通達されると共に、信長の傍系親族に当たる一族がお家取り潰しとなった。家系図からもその一族が抹消されるという厳しい処分が下された。

　片や己が不利益を被ろうとも信長のために罪を被った静子と、己が私利私欲のために国家転覆を謀《はか》った逆賊との対比に諸将は襟を正すこととなった。

　たとえ信長が留守にしていようとも、全てを見通す天の目であるかの如き監視機構が存在することを実感することとなる。

　一連の騒動が落ち着き、四月も半ばとなった頃。甲州での作業を引き継いだ信忠が岐阜へと戻ってきた。

　本来であればこのまま一気に北条攻めへと向かう予定であったが、例年より気温の上昇が遅いのか残雪が厳しく、一度計画そのものを見直す必要性に駆られての帰還であった。

　甲州征伐自体が予定よりも前倒しで進んでいるため、この時点で無理を押す必要はない。腰を据えて計画を練り直し、万全の態勢を整えた上で小田原《おだわら》征伐に挑むこととなる。

　降って湧いたような空白の期間に対し、各陣営ともに事態が動くのは雪解けを待った後となる

と認識していた。それ故に活発な情報収集が行われ、各陣営の間者たちが暗躍することとなる。

これに際して静子は命令違反に対する戒めとして自主的に屋敷を閉門し、蟄居《ちっきょ》（自宅謹慎のようなもの）をしていたため、彼女の屋敷で生活していた上杉家の人質たちが姿を消していることに気付く者は居なかった。

「四六を連れてゆくことを許した覚えはないんだけど……四六自身が望んだのならば仕方ないかな。しかし、奇妙な初陣を果たすことになりそうだね」

静子にとっての誤算は、上杉家の騒動へ加勢に向かった慶次《けいじ》に四六までもが付いて行ったことであった。

慶次らが越後に向けて出立した翌朝、四六の部屋には置き手紙一つだけが残されており、主人の姿は無かった。置き手紙には「見聞を広めて参ります」とだけ記されていた。

保護者である静子としては次期当主である四六の勝手を看過できないが、どう足掻いたところで静子は四六よりも早くに世を去るため、いずれ独り立ちの時は来る。

聞き分けの良すぎるきらいすらある四六の覚悟を尊重しようと静子は決めたのだ。

兄貴分である慶次が四六の同道を許したということは、それなりの覚悟と己の身を守れるだけの腕前を彼に示したということだ。そうでなければ全滅すらあり得る作戦に、わざわざ足手まといを背負いこむような真似はするまい。

しかし、それでも静子としては四六のことが心配でならなかった。いくさ場では何が起こるか判らない。最悪四六を失い、死に目にも会えないかも知れないと思うと居ても立ってもいられない気持ちになった。

「いずれにせよ、無事に生きて戻ってきてくれることを祈るしか無いか……」

そんな静子の苦悩をよそに、織田家では激震が走っていた。蟄居中の静子がこの騒動に巻き込まれないで済んだのは天の配剤であったのだろう。

ことの発端は信忠が信長に相談することもなしに、突如として「松を正室とする」と周囲に宣言したことにあった。

流石の信長もこれには激怒し、信忠を安土へと呼び出して撤回するように命じた。ところがこれに信忠は反発し、ついぞ首を縦に振ることは無かった。

史実に於ける信忠は塩川伯耆守長満《しおかわほうきのかみながみつ》の娘である鈴《すず》姫を翌々年に娶っており、その翌年には嫡子である三法師《さんぼうし》が生まれたとされている。

ところが今世に於いては荒木村重《あらきむらしげ》が謀反《むほん》を起こしておらず、信長と塩川が接近していないという齟齬《そご》が発生していた。現状では荒木村重の謀反など起こりようもないため、信忠の正室の座は空位となっている。

元々は松姫こそが信忠の正室として内定していた。ところが織田家と武田家は敵対し、同盟が破棄されるに至って婚約は解消され、同時に正室の話は無に帰していた。

故に信忠が松姫を娶ることは許されたものの、正室に据えることは無いと誰もが考えていた。この時代の正室というのは政治的な思惑が強く絡むため、亡国の姫である松姫をそこに据えることにメリットは皆無である。

逆に武田家の復権を夢見る残党に付け入る隙を見せることにもなりかねず、デメリットしか無いのだ。それゆえに今回の信忠の宣言に対し、信長からだけでなく信忠の側近からすら考え直すよう何度も申し入れがあった。

そしてそれこそが信忠を意固地にさせてしまった。一度こうだと決めれば梃子でも動かない。信長の長所でもあり、短所ともなりうる特質を信忠もしっかりと受け継いでしまっていた。

「久方ぶりの親子喧嘩か。あの子も自分の発言に対する責を負うつもりだろうし、私からは何も言うことは無いかな」

万策尽きた信忠の側近が、彼の姉貴分である静子に対して仲裁を求める書状を送ってきていた。しかし、静子は蟄居中であることを理由にこれに関与することを断った。

今までにも似たような衝突は幾度としてあったし、最終的には信長、信忠共に互いに妥協点を探り合い、落としどころを決めていた。外部が手を出さずとも今回もそうなるだろうと静子は思っている。

「それにしても何故正室にすることに拘ったのかな？　野心有りと見なされれば処断される松姫の側がそれを望むはずもないし、側室であっても特に不都合は無いはず。あの子の思惑が判らない以上、下手に藪を突いて蛇を出すような真似はしない方が良いよね」

こうした考えもあって、静子はこの問題には関与しないと宣言した。その後も情報収集は続けるよう、配下の間者に命じていたが気になるような報告は齎されていない。

そんな折に、これまでとは毛色の違う緊迫した報告が静子の許へと届けられることになる。

「まさか真正面から挑んでくるとはね」

今まで裏で暗躍していた上杉景虎《うえすぎかげとら》が自身の立場を親北条派として表明し、静子邸に滞在していることとなっている景勝《かげかつ》に対して「雌雄を決さん」と書状を送ってきたのだ。

これまでずっと直接的な対立を避け、謙信《けんしん》や景勝に対して策をめぐらせ、謀略に拠って上杉家を乗っ取らんとしていた景虎が、今になって直接対決を求めた理由へ静子は思いを巡らせた。

「甲州征伐がなされたことによって状況が変わったんだろうね」

越後国《えちごのくに》は未だ古い思想が根強く残る土地であり、強き者こそが正義であるという風潮がある。謙信が信長に臣従することを決めた際も、これに異を唱える者が居なかったのは、謙信が誰よりも強かったからにほかならない。

それにしても何故今なのかという疑問が残る。東国征伐の残る標的は北条である以上、越後での騒動に対して北条家が援軍を送れるとは思えない。今は雌伏の時として、機が満ちるのを待つのが得策だろう。

「甲州征伐の噂を聞いて、北条の行く末が暗いと判断したのか。それとも最期に一花咲かせようと思ったのか」

いずれにせよ景虎本人を除いて彼の心情を知る者はいない。

「動員できる手勢の上では劣勢だけれど、正面から挑まれては長尾《ながお》殿も断れないかな。本人を名指ししての決闘であれば、謙信であっても介入できないだろうし」

景勝は織田家に対する人質として差し出されており、彼が動員できる兵力は景虎と比べて明らかに少ない。今ならば最も己が有利な状況で戦えると景虎は考えたのであろう。

景勝を指名しての決戦となれば、謙信の後継者としての景勝の資質を問うことになるため、ほかならぬ謙信であっても介入することが叶わない。

逆に景勝が謙信に対して援助を求めれば、己こそが謙信の後継者たることを示すことが出来なかった腰抜けであると軽んじられる未来が待っている。

ゆえにこそ景勝は自身の持ちうる力だけで景虎と戦わねばならない。確かに景虎の立場であれば、ここにしか勝機は無いと言えるだろう。

「兵の数で劣り、直接勝負を挑まれたため奇襲するという道をも断たれた。明らかに劣勢な状況での厳しいいくさになるだろう、それゆえに慶次さんは楽しいのだろうけど。うちの大事な跡取りの初陣としては過酷すぎるんじゃないかな？」

そんなことを独り言ちる静子だが、彼女は口で言うほどに四六の身の上を危惧してはいなかった。景勝が率いる兵士たちは尾張の文化に触れ、近代的な訓練も受けている。

何よりも彼らは日々の鍛錬相手として尾張の最精鋭部隊と何度も特訓を繰り返している。単純に数の理屈では測れない要因があることを忘れていると、足を掬われることになるだろう。

まんまと相手を策に嵌《は》めたつもりになっている景虎が、景勝たちの実力を知った時にどんな顔をするのか少し楽しみに思う静子であった。

果たして自分のしていることは正しいのだろうか、四六は葛藤《かっとう》していた。

四六は事前に相談することなく置き手紙を残して静子邸を飛び出し、慶次と共に上杉景勝たちの越後行きに同行しているのだ。

自分の庇護者である静子に隔意があるわけではない。むしろ血縁ですらない自分たち兄妹に惜しみない愛情を注いでくれた静子には、どれほど感謝しても足りることがないとさえ思っている。

それゆえに彼女に黙って尾張を飛び出すという不義理を働いたことへの後悔が生じていた。しかし、それでも尚、自分はいくさを知らねばならないという焦燥があった。

（如何にも頭でっかちの戯言《ざれごと》だと言われるやも知れない）

四六は静子に引き取られるまで、武家の男として必要な教育を受けてこなかった。完全に腫《は》れ物扱いだったため、武芸どころか喧嘩の仕方すら知らない始末だ。

慶次や長可、才蔵《さいぞう》による指導がなければ、満足に槍を構えることすら出来なかったのではないだろうか。今ですら敵を前にして槍を振るえるか怪しいぐらいだ。

（いや、いくさ場ではお荷物にしかなるまい。しかし……）

兄貴分である慶次に頼み込んで同行させて貰っているが、四六は己が前線に立つことはないと理解していた。

端的に言えば人を殺したこともない癖に、身分だけが高く扱いに困る厄介者だからだ。堅牢な頭蓋骨に守られているはずの脳が、露出してしまっているぐらいに危うい。

そこまで理解しながら敢えて命のやり取りが行われる鉄火場に飛び込んだ理由、それは死という生物にとって究極のストレスに対抗するためであった。

四六は慶次たちから手ほどきを受け、己に彼らのような突出した武の才が無いことを早々に理解した。

要領が悪いわけではなく、むしろ呑み込みは早いとすら言える。しかし刀に槍、弓に乗馬、銃の取り扱いに至るまで、何をやってもすぐに頭打ちになるのだ。

（自分は死を恐れている。義母《はは》上に拾われるまでの自分たちにとって死は身近なものだった。身近な大人たちの気まぐれで振るわれる暴力や、充分な食事はおろか水すら与えられないこともあった虐待……）

四六と器《うつわ》が育った環境は劣悪の一言に尽きた。乳母の機嫌を損ねれば、ただでさえ少ない食事を抜かれ、二人は常に腹を空かせていた。

どれほど理不尽な扱いを受けようとも、ひたすらに恭順を続ける以外に生き残る道はなかった。死は常に傍《かたわ》らに在り、常に自分たちを呑み込まんとするそれに恐怖し続けてきた。

ゆえにこそ死の匂いに鋭敏であり、無意識に死から遠ざかろうとする。そしてそれは己の死だけでなく、誰の死であっても忌避するほどに強烈な本能として焼き付いてしまっていたのだ。

（もしかしたら自分は人を殺せないかも知れない。直接人の死に立ち会うどころか、いずれ他人に死を命じる立場になるというのに、それができないかも知れない）

尾張にいる限り己の身の安全は保障されている。乱世に於いて他に類を見ないほどの高い治安を誇り、また武芸に秀でた慶次たちの庇護下では窮地に陥ることすらない。

そんな自分が再び死を身近に感じた際、何もかも投げ捨てて無様に逃げ惑うのではないかと気が気ではなかったのだ。

悪循環に陥って思考の袋小路に追い込まれた四六は、少しでも落ち着くべく大きく深呼吸をしていた。そんな四六の様子を目聡く見抜いた慶次が声をかける。

「どうした、落ち着かないのか？」

「はい。私がいくさ場で取り乱さないか不安で……」

　慶次の気遣いに対して四六は正直に答えた。自分にこれほど良くしてくれた義母である静子の期待に沿えないかもしれない。その一事が四六には重く伸《の》し掛かっていた。

　四六は静子邸にて領主となるべく基礎的な教養を身に付けるにつれ、為政者とは情ではなく合理性を求められることを理解していた。

　為政者とは十人の犠牲で百人の領民を救えるのなら、それを是とせねばならない立場なのだ。神ならぬ人の身では、全ての領民を必ず救える等という都合の良い解決が常にできるはずがない。

「お前の身の上は聞いているから、他者に理不尽を押し付けることを良しとしないのは解る」

「私は死が恐ろしい。そしてそれを他者に強要することもまた恐ろしくてならないのです」

「そうだな、死は誰であっても恐ろしいものさ」

「慶次殿でもですか!?」

「おいおい、俺を何だと思っているんだ？　俺だって好き好んで死にたいなんて思わねえよ。どうあっても死が避けられないならば、悔いの無いよう派手に恰好良く逝きたいって思うだけさ」

「恰好良い死とは何なのでしょう？」

「そうだな、例えばお前の大事な人を思い浮かべるんだ。その人たちに危険が迫っていて、自分が命を捨てて時間を稼いだお陰で、皆の命が助かったとしよう。この死は尊いと思わないか？」

「そうですね、大事な人を見捨てて拾う生よりも素晴らしく思います」

「そういうこった。人の生は死を以て清算される。己の死を惜しんでくれる人が一人でも居るのなら、その生は価値あるものだったんだろうよ」

四六は慶次と話をする内に、少し迷いが晴れた気がしていた。自分が妹である器や、義母である静子、兄にも等しい慶次や己に良くしてくれる静子邸の人々を大事に思うように、他の人々にとっても大事なものがあるのだろう。

誰だって死は恐ろしい、豪放磊落《ごうほうらいらく》に見える慶次ですら恐ろしいのだ。だが己の命を賭してでも守りたいものが、決して譲れない何かがあるのなら、その命を惜しみはしないというのも理解できた。

人は生まれた以上、誰であろうといつかは死する。死を恐れるが余りに、生き汚く己の身を惜しむのでは無様に過ぎる。四六は慶次の持つ傾奇者《かぶきもの》の美学、その一端を理解した。

そうする間にも行軍は進んでおり、ほどなくして一行は今日の目的地である野営場所に着いた。

景勝たちは陣を整えると、交代で歩哨《ほしょう》を立てる段取りにして各自が野営の準備を始める。日没前には設営が終わり、四六が所属する輜重《しちょう》隊（兵站を担う輸送部隊）の中でも烹炊《ほうすい》員（飯炊き係）たちが慌ただしく走り回る。

彼らの尽力もあって炊煙が幾つも立ち上り、皆に晩飯の配給が始まった。慶次は皆から少し離れた位置で焚火に向かっている四六の隣に腰を下ろす。

未成年である四六には支給されないが、歩哨に立たない者には特別配給で酒が支給され、慶次はそれを片手に四六と並んで飯を食い始めた。

「少しはマシな顔つきになったな」

「ええ。自分にも我が身を賭してでも守りたいものがある。それがわかりました」

「そいつは重畳《ちょうじょう》。中には生涯を通しても、それを見つけられない糞みてえな人生を送る奴だっている。その年でそれを見つけられたお前さんは大したもんさ」

そう言いながら慶次は酒杯を飲み干した。

「今更ながら義母上に相談なく出てきたことを悔いております」

「静っちは大物だからな、心配はすれども許してくれるさ」

「私は義母上に失望されることが怖かったのです。義母上の援《たす》け無しでも立派な武士として振舞えると証明したかった」

「お前さんは難しく考えすぎなんだよ。俺なんか親父殿（養父である前田利久《まえだとしひさ》）の期待を裏切ってばかりだぞ？」

「何を仰います、慶次殿は尾張にその人ありと言われる武人ではありませんか！」

「あ～やめろやめろ、そんな大したもんじゃないさ。俺は所詮、自分のしたいようにしか生きられない男だ。静っちが上手く使ってくれたに過ぎんよ」

元々四六の越後行きについては慶次も難色を示していた。それも静子に対して相談することなく、置き手紙一つを残して抜け出すと聞いて翻意を促したほどだ。

しかし、四六の粘り強い説得に折れ、最終的には行軍中は慶次の言うことに絶対従うことを条件に同行を許可したのだ。

因《ちな》みに静子の許可を得ていない旨は、景勝や兼続《かねつぐ》には伏せられており、全ての責は己が負うとの一文を慶次も静子に対して残してきていた。

「色々な方にご迷惑をかけてしまいましたが、お陰でわかったことがあります」

「ほう、言ってみな？」

「私は、私に良くしてくれる人々が幸せであって欲しい。血を分けた器は勿論、大きな愛で包んで下さる義母上、無理を承知で私の我がままを叶えて下さった慶次殿、不人情と誹《そし》られようとも、見ず知らずの他人よりも親しくする人々の方が大事なのだと気が付きました」

「違いない。坊主なんかにゃ博愛を謳《うた》う奴がいるが、あんなもんはお為《ため》ごかしだ。本当に大事なものはごく一握り、それを間違っちゃいけねえ」

「はい。人の命は平等ではありません。私は見知らぬ敵が何千と死のうとも、それで義母上が死なないのであれば構いませせぬ」

「そうだな、ただ絶対的な敵っていうのは案外いないもんだぜ？　巡り巡って共に肩を並べて戦うこともある」

「そういえば、上様と上杉様も以前は敵対しておられましたね」

「世の中は敵と味方で分けられるほど単純じゃないってこった。まあ、そのあたりは追い追い学んでいけばいいさ。それが解っただけでも、連れ出した甲斐があったってもんだ」

そう言うと慶次は四六の薄い背中を少し乱暴に叩いた。強烈な衝撃に四六は咽《むせ》てしまい、ゴホゴホと咳《せ》き込む羽目になったが、それでも何処か吹っ切れたような清々《すがすが》しい笑みを浮かべていた。

「何はともあれ、生きて尾張まで帰ろうや」

「そうですね。義母上に心配をおかけしたことを謝ろうと思います」

「そんときゃ俺も一緒に謝ってやるさ」

そう言って慶次は、再び酒杯を呷《あお》るのであった。

千五百七十七年　四月下旬　一

「奴《やっこ》さんども、己の勝利を微塵《みじん》も疑ってませんってツラしてやがるぜ」

慶次は静子から借り受けている遠眼鏡で敵陣を眺めながら呟いた。遮るものの少ない広々とした平野部に於いて、上杉景虎の軍勢と、慶次の属する長尾景勝の軍勢が向かい合っている。

突如として景虎が景勝に対して挑戦状を叩きつけたがため、尾張でも越後でもない越中での決戦が実現する運びとなったのだ。尾張からの付き従っている人質組のほかに、越後から駆けつけてきた手勢が合流することにより、兵数に於いては景虎が六に対して景勝は四程度の比率となっている。

「もっと捨て鉢になっているかと思ったのですが、流石は将器というところでしょうか。兵に動揺が見られませんね」

慶次から遠眼鏡を受け取り、同じように敵陣を見渡しながら四六が応えた。慶次と四六が詰めている場所は、景勝軍本陣であり大将の景勝をはじめ、直臣の兼続などの人質組が揃っている。

しかし、謙信及び彼の家臣の姿はない。彼らは中立の立場を貫かねばならぬため、上杉家の中でも特殊な立ち位置となっている。それ以外の諸将は派閥によって二分され、親北条派は景虎へ、

親織田派は景勝を支援すべくそれぞれの陣へと参じている状況だ。

それでも人質として数年ものあいだ尾張で過ごしていた景勝の派閥は切り崩され、有力な将兵の多くは景虎側に付き従ってしまっている。

そんな状況下でも景勝側に付いた者たちは、主流派となった親北条派に冷遇された傍流であったり、筋金入りの譜代の臣ゆえ景勝の復権を信じていたものだったりと実に様々だ。

「彼我《ひが》の勢力差は明らかだな」

ただでさえ兵数で劣る景勝側には、更に不安要素が存在した。それは寄せ集めの軍隊ゆえの連携不能である。

個では無く群として戦ういくさに於いて、幾度となく訓練を繰り返すことによって足並みを揃えることが可能となる。ここまでの行軍でも露呈した事実だが、景勝軍は進軍速度ですら上手く揃えることができなかった。

しかし、これは元より致命的な問題とはなり得ない。そもそも近代戦闘のように小部隊同士が連携し合って有機的に作戦を遂行するなどというのは絵空事に過ぎず、大抵は陣太鼓などの合図で大まかに前進と後退を指示し、後は現場の判断に任せるしかないのだ。

「ふうむ、北条からの支援が望めぬことは伏せられておるのやも知れぬな。いくら何でも沈みゆく船に取り残されたにしては、兵の表情が楽観的に過ぎる」

一見優勢に見える景虎軍だが、その実は薄氷を踏む思いで持ちこたえているに過ぎなかった。本来であれば謙信不在の隙をついて上杉家を乗っ取り、武田家・北条家と共に残党を挟撃する手筈であったのだ。

ところが蓋を開けてみれば積雪を理由に謙信は出兵せずに越後に留まり続け、北条家と同盟を結んでいる武田家は織田家によって滅ぼされてしまった。

武田家が滅んだ時点で謙信の許へと北条攻めへの参陣要請が届いており、景虎ら親北条派の立場は刻一刻と悪化する中、更に悪条件が重なった。

このままでは上杉家は織田家と共に北条攻めに加わることになり、板挟みとなる親北条派などは真っ先に最前線で使い潰されることが目に見えている。

そこで景虎は親元でもある北条へと密書を送り、上杉家転覆に対する援軍を送ってくれるよう要請した。

しかし、ついぞ北条から色よい返答は無かった。要するに北条家は自分たちのことで手一杯であり、自分の尻は自分で拭けということである。

窮地に追い込まれた景虎は乾坤一擲《けんこんいってき》の策として、これまで頑なに避けてきた真正面からの後継者争いを突きつけた。

日毎に悪くなっていく状況に焦って打ち出した窮余の策であったが、これが予想以上の効果を生み出した。

この状況下で尚、堂々と宣戦布告を行うということは北条からの協力を取り付けられたのだと諸将が判断したことだ。

更に言えば寡兵ながら精鋭を揃えての奇襲作戦を試みていた景勝の出鼻を挫《くじ》くことにも成功している。仮定の話は無意味だが、仮に景勝たちの越後入りを許していれば、そもそも武装蜂起すら叶わず討ち取られていた可能性が高い。

「兵数で劣り、しかも練度も相手が上と来ている。はてさて如何に戦ったものやら」

急造の軍隊で複雑な作戦など実行しようがない。しかし、真正面から力押しをしては兵数及び練度で劣る自軍の敗北は自明であった。

そこで景勝は己を囮《おとり》とした短期決戦を前提の作戦を立案する。急ごしらえの軍でも遂行でき、尚且つ上手くハマればその場で決着が付く必殺の策であった。

それ故に景勝が負うリスクは極大となる。一歩間違えば大将首を取られ、その時点で敗北が決定するのだが、景勝はそれでも良いと考えた。

いずれにせよ景勝が勝たねば上杉家の明日は無くなるのだ。負けた時のことなど考えるだけ無駄というものだろう。

「さて、それじゃあ俺も前線に陣取らせて貰うとするかな。勝負を決する要でもあり、決着を見届ける特等席にもなりそうだ」

慶次はそう言うと右手の拳を伸ばした左手の掌に打ち付ける、中国武術でよく見られる抱拳礼のような仕草で気合を入れた。

景勝の作戦はそれほど難しいものではない。自軍を大きく三つの部隊に分け、左右両翼と中央の部隊に再編成する。

左右両翼の部隊については、特に練度に劣る者たちを中心に構成され、通常の物よりも長い槍を持たせた兵と、体を丸ごと覆って余りあるほどの大盾を持った兵を並べて防御に専念させる。

最前列は盾兵のみで構成され、その隙間から後方の槍兵が攻撃するという仕組みである。全力で敵をその場に釘付けにすることだけに専念するのだ。

後列からは比較的経験豊富な者が支援し、戦列が崩壊するのを防ぐという相手の攻撃を受け止め、じわじわと出血を強いることになる。

一方中央の部隊はと言えば、全軍の中でも選り抜きの精鋭が集められ、人質組及び上杉家譜代の臣とその兵士たちで固められている。

極めて練度が高い将兵が揃っているというのに、武装は長槍と大盾という両翼の部隊と代り映えのしないものとなっていた。

それでも静子謹製の鎧一式はひどく人目を惹いた。極彩色の陣羽織や目にも鮮やかな朱色の大鎧、兜の前立てもメッキが施されており、陽光を反射してまぶしく輝いている。

更には旗指物《はたさしもの》も大量に集められ、馬鹿でもここに大将が居ますよと一目で判る危険極まりない傾《かぶ》きっぷりを見せていた。

この異様な陣立ては、景虎側にも即座に伝わったようで、本格的に刃を交える前の詞戦《ことばだたかい》に於いても、挑発的と受け取られたようで散々に詰《なじ》られた。

対する景勝側は卑怯者の貴様らにも、大将がここにいると示してやっているのだ、臆《おく》せずして掛かってこいと更なる挑発を重ねさえした。

ここまでされては景虎としても捨て置くことなど出来ようはずもなく、敵も主力を中央に集めて一点突破を図る魚鱗の陣形を敷いた。

「さて、互いに言葉は尽きた。これより我らは修羅となる。前田殿、お主とはいくさの後も盃《さかずき》を交わしたいものだ、ゆめゆめ死んでくれるなよ」

「そいつは無理な相談だ。生きるか死ぬかは天のさじ加減一つよ。なあにいずれ皆泉下に向かうんだ、先に逝った方はのんびり待てば良かろう」

「至言よな。それでは前田殿の墓標には『天下無双の傾奇者、酒瓶片手に泉下で待つ』と刻ませて貰おう」

「縁起でもない。生死は兵家の常なれど、生きて朝日を共に拝もうぞ」

兼続と慶次はそう互いに軽口をたたき合うと、掲げた拳を打ち合わせて分かれていった。

因みに四六は本陣の最後尾、輜重隊の付近にとどめ置かれている。如何に武芸の腕を示そうとも、初陣で最前線に出すような真似は出来ない。

いくさ場に立って、生き死にの場の空気を体験できれば良いという慶次の考えに拠るものだった。そして己が実際に人を殺したことがなく、いくさ場に於いて役に立てると思っていない四六はこれを快く受け入れた。

そして景虎軍及び景勝軍の双方がにらみ合い、張り詰めた緊張が頂点に達した頃、どちらからともなく法螺貝《ほらがい》が吹き鳴らされ陣太鼓の音と共に景虎軍が動き出した。

横一直線に広がった景勝側の陣形に対し、一点突破を図ってか景虎率いる本隊を含む一団が中央突破を試みた。

景虎軍の騎馬を先頭に据えた突破力重視の突撃は、しかし景勝軍後方に陣取った鉄砲隊が互いに斜め前方を射撃した結果生まれた十字砲火ゾーンに呑まれた。

それでも充分な鉄砲を用意できなかったがためにいくらかの突破を許し、これが景勝軍の前線部隊へと襲い掛かった。

しかし、これに対する景勝軍の対処は狂気じみたものであった。時速数十キロで突進してくる人馬含めて三百キロを超える重量を、地面に打ち立てた大盾と長槍で迎え撃ったのだ。

何人かの兵士はあえなく踏みつぶされ、無残な屍《しかばね》を野に晒すことになった。しかし、恐ろしいことにその大多数をその場に縫い留めたり、もしくは弾き逸らして勢いを削った。

この成果の裏には鋼鉄で補強された大盾と長槍にこらされた工夫があった。大盾には引き出し型の支持架が存在し、これを地面に突き刺して斜めに支持することで堅牢かつ強固な壁とすることが出来た。

更には長槍も西洋のパイクに学び、石突を地面に突き立てた上に兵士が上から踏んで固定し、人力の逆茂木《さかもぎ》とすることで馬を貫いたり、馬上の将を落馬させたりしたのだ。

それでも大質量の打撃を受けたためか、左右両翼に対して中央が内側に凹んだ形となり、勢いに乗った景虎軍は一気呵成《かせい》に攻め寄せた。

混戦に持ち込まれてしまえば両翼からの火力支援も叶わず、兵数の多寡もあってか次第に奥へ奥へと中央部のみが押し込まれていく。

中央部隊の前線を支える将兵は決死の奮闘で善戦するものの、じりじりと押し込まれてしまっていた。否、景勝軍の兵たちは互いに連携しながら巧みに後退を続けていたのだ。

しかし、目前に景勝の馬印を晒されては、自軍は前方に押し込んではいるものの、敵兵自体それほど損耗していないことについぞ気づくことが出来なかった。

「よし！　良いぞ、この調子じゃ。大将首は目の前ぞ、首級を上げた者には望みの褒美を取らす！」

景虎も大声を張って兵を励まし、その勢いに乗って兵士たちも盛んに敵を攻め立てた。

そして絶望の檻《おり》は完成した。いつの間にか景虎軍は蛸壺《たこつぼ》のように入り口を狭めた包囲網の中に閉じ込められていた。

更に景勝軍両翼最後尾に伏せられていた工兵たちの手によって、唯一の活路である壺の口は閉じられた。

尾張が誇る製鉄技術の粋で作られた画期的な新装備、木の杭に巻き付けられた有刺鉄線が張り渡され、援軍が駆けつけることも景虎たちが死地から逃れることも出来ない蓋となって立ち塞がる。

史実では第一次世界大戦に於いて塹壕《ざんごう》戦で大々的に使用され、その有効性を証明した有刺鉄線はこの時代の人間の手には余るものであった。

細いが強靱かつしなやかな鋼線は、刀で斬ろうが槍で突こうが大きく破損させることが出来ない。手で隙間を広げようにも棘《とげ》が刺さるし、そんな無防備な姿を敵が見逃してくれるはずもない。

そして景勝軍両翼が左右から圧を掛け、今まで防御に徹してじりじりと撤退していた景勝軍本隊が反撃に転じたことによって形勢は完全に覆った。

「な、なんの音だ!?」

景虎は後方から聞こえる木製の杭を大槌で地面に打ち込むようなガンガンという音に気が付いた。

しかし、気が付いたところで既に手遅れであり、今更どうすることも出来ない状況に追い込まれたことが周囲から聞こえる悲鳴によって嫌でも知れた。

「ぎゃ、ぎゃー!!　押すな棘が刺さる!!」

「わしも後ろから押されておるのじゃ、下がれ下がれー!!」

反転して攻めてくる景勝軍と、左右両翼の部隊に押しつぶされ、縦に伸びた景虎軍の本隊は、逃げる兵士が鉄条網にほかの兵士を押し付けるという地獄絵図のごとき様相を呈していた。

気が付けば優位な状況から一気に死地に囚われていた。景虎からすれば悪夢そのものの状況だが、その悪夢は刻一刻と凄惨さを増していく。

それでも残された手勢を纏めて部隊を立て直し、敵の薄い個所を目指して一点突破を図ろうとしていた景虎の横顔に血飛沫《ちしぶき》が掛かった。

見れば虎柄の陣羽織を血に染めた武者が、見たことも無い巨大な刃を持つ長柄の武器を振り回し、兵士の首を刎ね飛ばしたところであった。

それは長巻きと呼ぶには分厚く無骨な大鉈《おおなた》じみた刃を先端に具えた武器を振るう慶次の姿であった。

「おっと、大将首を見つけたぜ。敵将景虎ここにありだ。お前ら踏ん張れ！」

そう叫ぶと慶次は得物を大きく薙ぎ払った。旋風の如き斬撃が走ると、刃の進路上にいた兵士が巻き込まれてボウリングのピンのように飛ばされる。

慶次の切り開いた空間へとすかさず走り込んだ景勝軍の兵士が、景虎へと通じる道を塞ごうと押し寄せる景虎軍を押しとどめた。

そうするうちにも左右から掛けられる圧力は増し、景虎を守る手勢は次々と討ち取られていく。

そして遂に景勝軍の兵士が景虎へと迫ると槍を突きつけた。景虎を押さえられた景虎軍の兵士も投降し、景虎の馬印が下され景勝のものが掲げられる。

こうして勝敗が決し、本陣が落とされたことを知ったほかの部隊も次々と武器を捨てて投降していった。

武装を解除され腰縄を打たれた状態で座らされていた景虎の許へ、兼続を伴った景勝が現れた。

「勝敗は決した。沙汰は追って御実城《おみじよう》様が下されよう。今しばしおとなしくしておれ」

「ふっ……戯言を。国盗りを夢に見、それが破れたならば沙汰を待つまでもない！」

越後を簒奪《さんだつ》せんと蜂起した景虎の夢は破れた。我が身惜しさに沙汰を待つような生き恥を晒すことは景虎の矜持が許さなかった。

「ならば腹を切れい！　介錯はわしが務めてやろう」

「忝い」

景虎はそれだけ口にすると鎧を外し、上衣をはだけると景勝から投げ渡された刃を腹に突き立てた。

漏れそうになる苦鳴を押し殺し、口の端から血を零しながらも真一文字に腹を搔《か》っ捌《さば》いて見せる。

「お見事。後のことは任されよ」

それだけを告げると、景勝は景虎の首めがけて刀を振り下ろした。景勝は配下に命じて景虎の首を清めさせ、丁寧に風呂敷で包むと用意してあった木箱に収めた。

こうして越後の龍こと上杉謙信の後継者を決めるいくさは景勝の勝利で幕を閉じた。


東国の情勢は目まぐるしく変化していた。戦国最強と謳われた武田家はわずか一月で滅び、上杉家にて勃発したお家騒動もたちどころに鎮火させられてしまった。

これらに対して運命共同体であるはずの北条は沈黙を保っていた。正確には手を打とうとしていたのだが、方針を決めあぐねている間に決着がついてしまったのだ。

内情を知らない者からすれば、次に織田家が目指すのは北条であるのは明白であり、何ら動きを見せない北条に対する不信感を募らせている。

中でも蘆名《あしな》、伊達《だて》、最上《もがみ》の三家は焦っていた。北条家が音頭を取り、反織田として協力していたため、今のままでは遠からず織田の手が己に及ぶやも知れぬと恐怖した。

それでも三家は明確に織田家に対して反旗を翻したわけではない。単に勝ち馬となりそうな北条に味方していただけであり、北条に勝ちの目が無いのであれば次なる勝ち馬に乗らなければならない。

それは即ち、織田家への寝返りだ。しかし三家とも信長の苛烈な性格は把握しており、なんの手土産もなしに寝返りを打診したとて到底受け入れては貰えまい。

各々が自分の血を残すため、生き残る術を模索していた。

「思った通り同盟が崩壊したね」

静子は真田昌幸の齎した北条に関する調査報告書に目を通しながら呟いた。東北の三家に限らず里見《さとみ》や佐竹《さたけ》も動揺しているようだ。無論、こちらからも外交を通じて揺さぶりをかけているが、それにしても結びつきが脆《もろ》すぎた。

反織田同盟の要である武田、北条の片翼が失われた途端、利害のみによって成り立っていた同盟はたちどころに崩壊した。

同盟を脱した面々はそれぞれが保身に走っており、この分では柴田《しばた》が率いる小田原攻めでは北条だけを相手取れば良いことになりそうだと静子はほくそ笑む。

「俺たちが攻め込む前に勝手に滅ばれては困るぞ」

湯呑から茶を啜《すす》りながら信忠が呟く。気楽に構えている信忠を見て静子は頭が痛くなった。

静子は信長と信忠の親子喧嘩に関しては不干渉を貫き距離を置いていたのだが、渦中の人物である信忠が松姫を伴って静子邸へと押しかけてきたため、否応なしに巻き込まれてしまった。

蟄居中であるとは言え、信忠に尾張まで押しかけられては岐阜に帰れとは言えないため、閉門していた門を開いて彼らを招き入れることになる。

これに対して意外にも信長は何を言うでもなく静観を保ち、静子からの問い合わせに対し「馬鹿息子の頭を冷やしてくれ」とだけ返していた。

明確な指示を得られなかった静子は、とりあえず二人を客間に通して客人として遇することにする。

そうして信忠は尾張から政務をこなしつつ、時ならぬ休日を満喫していた。今も松姫に膝枕をして貰いながら、静子が読み終えた報告書に目を通している。

「意地を張ってないで上様に謝ったら？　それが出来ないうちは、北条攻めに君の居場所はないよ」

「おいおい、それはないだろう。俺は東国征伐の総大将だぞ？　北条攻めの指揮は柴田がとるにせよ、俺が参戦しないことはあり得ないはずだ」

「不満があるなら上様に言ってね。朱印状で届けられた正式な命令だから。織田家の屋台骨を揺るがす騒動を起こしたままの君には、総大将を任せておけないと思われたのかもね」

「なんてこった……」

信忠は悄然と項垂《うなだ》れる。彼の目論見《もくろみ》では北条攻めでも出色の手柄を立て、信長の後継者に相応しい人物であると内外に知らしめるつもりであった。

しかし、その機会は他ならぬ信長の手によって奪われてしまった。この状況から信忠が北条攻めに参戦するには、織田家の継承問題を揺るがしたことに対して決着をつけねばならない。

「ねえ、どうして正室に拘ったの？　ここ数日様子を見ていたけれど、松姫が自分から正室の立場を欲したようには思えないんだけど」

「他言するなよ？　俺は静子だから信じて話すのだ。俺の配下にいる諸将から松を側室ですらない妾《めかけ》にするよう具申されたんだ……」

流石の静子も思わず息を呑んだ。亡国の姫とは言え、今後も統治を行う旧武田領の民にとっては大恩ある信玄の忘れ形見である。

彼女を側室として遇することで民たちの心証はぐっと良くなり統治もしやすくなるだろう。それを押してまで松姫を貶《おとし》める必要があるのだろうか？

長年宿敵としていがみ合ったがゆえに、命のやり取りが生じた結果、身内を殺された等の軋轢《あつれき》はあるだろう。

しかし、いくさをする以上は生き死には当然のことであり、こちら側も相当数の敵方を殺傷している。その程度はいくさの不文律として受け入れているはずである。

「いってえ！」

静子が考え込んでしまったため、手持無沙汰になった信忠は静子がまだ目を通していない書類を抜き取ろうとした。

しかし、信忠の手が書類を掴む前に静子がいつの間にか取り出した扇子で信忠の手の甲を叩いて暴挙を阻止した。

「勝手に触らない！」

「考え込んでるようだったから、少しでも仕事を進めてやろうと思ってだな……」

「思ってもないことを言わない。興味があるのはわかるけど、私が見る前に覗くのは越権行為だからね。私が良いと判断したものだけになさい」

そう言うと静子は報告書の入った文箱《ふばこ》を片づけ、背後に控えていた小姓に預けて隣室へと下がらせた。

「それで松姫を妾にするよう進言された君はどうしたの？」

「それが思ったよりも大勢いてな、このまま放置しては松の身が危ういと思い、逆に正室にすると表明することで父上の耳にも入るようにしたのだ」

「なるほどね。問題を大きくすることで逆に暗躍できないようにしたんだ。でも、それならそうと先に根回しをしておかないと……」

「差し迫った脅威があったんだ。俺が松の傍を離れることすら躊躇われるほどにな」

「そうだったんだ。それじゃあ、私から上様に口利きをしてあげるから、素直に皆の前で謝罪なさいな」

「他言するなと言ったはずだ！」

「そんなことを言っていられる状況じゃないの。このままだと上様としても君を廃嫡しなくちゃいけない処まで追い込まれているんだよ？」

「そうは言うがな、男が一度口にしたことを曲げるなど……」

「黙らっしゃい！　頭を下げたところで君の値打ちが下がるわけじゃなし、意地を張って死ぬことに何の意味があるの？　松姫も道連れになるんだよ？」

そう言われては信忠としても返す言葉がなく、口惜し気に押し黙った。それに気を良くした静子が、己の胸を軽く叩いて請け合う。

「ここはこの静子お姉さんに任せておきなさい」

千五百七十七年　四月下旬　二

静子は先触れを遣わし、信長と謁見できるよう申し込んだ。現状では東国征伐の中核から外されている信忠を、再び名実ともに総大将へ戻すべく骨を折るのだ。

信長からの赦しが得られれば、晴れて信忠は北条攻めに参陣が叶う。とは言え織田家の当主である信長の命を拒絶した挙句、臣下をも巻き込んだ大騒動を起こしたからには、なんらお咎めなしとはいかない。

少なくとも信忠の短慮によって被った害を相殺しうる、何らかの手土産を持参する必要があった。

「それで、俺は何をすれば良いのだ？」

松姫の腿から頭を上げて起き上がると、静子に真正面から向かい合って信忠が訊ねる。静子は先ほど信忠が先に盗み見ようとした書類を懐から取り出し、信忠にも見えるように開いて示す。

「これはね奥州《おうしゅう》で覇を競い合っている三家に送った密書への回答。北条が陸奥《みちのく》を同盟に組み込んでいるのは知っているよね？　中でも出羽国《でわのくに》を治める最上氏、陸奥国《むつのくに》で睨みあう伊達氏と蘆名氏は互いに仲が悪い。ただ伊達総次郎《そうじろう》（伊達政宗《まさむね》の父、輝宗《てるむね》のこと）の正室が最上家から迎えた義《よし》姫《ひめ》であるため、蘆名氏は奥州畠山《はたけやま》氏と結ぶことで均衡を保っているね」

「ふーん……」

あからさまに興味が無さそうな様子の信忠に対し、静子が苦言を呈す。

「陸奥の情勢を軽視するのは感心しないね。東国征伐の主眼が武田と北条とは言え、その周囲を取り巻く情勢を軽んじて良いわけがないからね。後で頭に叩き込ませるとして、まずはこの陸奥の三家ね」

「その三家がどうしたんだ？」

「織田家としてはこの三家のいずれが調略に応じてくれても良かったのだけれど、伊達氏が奥州を治めてくれると都合が良いのよね。三家の中でも最も開明的であり、北条に固執しないから」

「まずは奥州を切り崩して北条攻めに援軍を出す可能性を排除するってことか」

「うん。ここだけじゃなくて常陸国《ひたちのくに》の佐竹氏、安房国《あわのくに》の里見氏も同時に楔《くさび》を打つよ」

「軍を分けるにしても、常陸国と安房国じゃあ間に北条が居座っているから攻められないだろう？」

「長宗我部氏の四国平定に九鬼水軍を派遣していたのは知っているよね？　あれは新兵器の試験運用じゃないの。里見氏及び佐竹氏攻めを見据えた実戦演習だったんだ」

「なるほど、どちらも領土が海に面しているからか！」

　ここまで言われて信忠は思い出した。九鬼家の率いる水軍は静子の導入した技術によって目覚ましい発展を遂げている。瀬戸内の一件で名をはせた九鬼水軍は、倍する相手を蹴散らすとまで言われるようになっていた。

　そんな九鬼水軍はギアによって前進後退が可能な動力スクリューと装甲版で覆われた船体を持つ揚陸艦《ようりくかん》を実戦投入していた。

　今までの戦国時代の常識では船による兵員移送をしようと思えば、港を攻略した後に安全を確保した上で安宅船等で運ぶしかない。

　ところが九鬼水軍の擁する揚陸艦は港湾設備に頼らず、単身海岸に乗り上げて歩兵や砲などの大型兵器をも上陸させることができるのだ。

　つまり相手方は港湾だけを守れば良いわけではなく、上陸可能な海岸線全てに気を配らなければならず、船舶の基礎能力で倍以上の差がある上に数の上でも不利を強いられることになる。

「まずは里見を一気に滅ぼして北条の動揺を誘う。その間に佐竹の領土へも攻め込んで北条の守りを丸裸にする手筈なの。そして調略を受けている最上、伊達、蘆名は動けない。そうこうしていると陸からは東国征伐の本隊が迫り、海への脱出を試みようにも既に九鬼水軍が制海権を確保している。こういうのを前門の虎後門の狼って言うんだっけ？」

「本心から静子が味方で良かったと痛感するわ」

げんなりとした口調で信忠が呟く。織田家が里見領を支配下に置けば、北条はのど元に刃を突きつけられた状態になる。

房総半島の先端に位置する安房国を押さえれば、相模湾《さがみわん》は目と鼻の先であり、北条氏の本拠地である小田原城へと直接火砲を叩き込める状態となるのだ。

「うん、やっぱり陸奥は伊達家が治める構図が良いね。最上家は伊達家の支配を脱して独立したんだけど、長らく介入を受けていた経緯があるから影響力を脱し切れていない」

「つまり？」

「最上家は穏当に伊達家から独立したわけじゃないの。飼い犬に手を噛まれた伊達家としては当然面白くないわけ。隙あらば最上家に攻め込んで、再び支配下に置きたいと考えるだろうね」

「確かに家臣に長谷堂《はせどう》城を奪われた上に、勝手に国人を名乗られちゃあ面目丸つぶれだな」

「そうね、伊達家には最上家に攻め込む大義名分がある。それに最上家には未だ当主に対し面従腹背の家臣がいる。今は当主派が優勢だから均衡を保っているけれど、ここに親伊達派を援助すればどうなるかな？」

「天秤《てんびん》がどちらかに傾むいてしまえば、後は一気に崩壊するだろうな」

「その際に蘆名氏がちょっかいをかけてこないよう、佐久間《さくま》様に足止めをお願いすることになるだろうね」

「伊達家が動かなければどうするんだ？」

「その場合は上杉家からも兵を回して貰って、最上領を上杉に治めて貰い三すくみの状況を作りだすことになるね。まあ上杉家が最上家を攻めようとすれば、伊達家は動かざるを得ないだろうね」

「わかったぞ、これは織田包囲網に対する意趣返しか！　北条の手足を奪って逆に包囲し返すんだな」

「そう。何度も言っているでしょう？　いくさは始める前にどれだけ準備したかで勝敗が決まるの。実際に矢や刃を交える時には決着はついていて、答え合わせをするに過ぎない状況に持ち込むんだよ。そしてこれをするために必要になるのが情報よ」

実際に静子は徹底して情報収集に努めてきた。孫子の教えに『彼を知り己を知れば百戦殆《あや》うからず』とあるように、敵に関する情報は軍事に限らず領民の生活ぶりに至るまで入念に調べさせた。

それらを集約して分類し、整理した上で解析して活用することでアドバンテージを生み出している。

「そしてここが肝心なんだけれど、これら一連の指揮を君に執って貰う」

「東国征伐の足がかりを確たるものにしたという功績を以て、総大将の地位に返り咲くというわけか」

「東国征伐に不参加のまま終わるよりはいいでしょう？」

静子の問いに信忠は少し考えてから承諾した。


静子邸に滞在して以来、松姫はわが目を疑うような光景を何度も見てきた。見たこともないような調度品で彩られた屋敷の主にして、名だたる武将が頭を垂れて教えを乞う存在が己と同じく女性であるということがまず驚愕に値する。

更に彼女を驚かせたのは主君である信長に対する静子の態度であった。

「ほう……それで愚息を使いたいと申すのか？」

静子の話を聞き終えた信長は底冷えするような眼差しで静子を睨む。信忠が絡むことだけに同席させられた松姫だが、物理的圧力を伴うかのような重苦しい空気に耐えかねているというのに更に信長から発される圧力が増した。

冷や汗を流しながらも細かく息を継ぐことで辛うじて倒れずに済んでいるというのに、対する静子は涼しい顔をしたまま堂々と意見を述べている。

「はい、里見の治める安房国を押さえれば相模湾は落としたも同然です。そもそも同数同士の艦隊能力で上回っている以上、挟撃を防げれば負ける道理がありません」

「伊達が動かぬ場合は何とする？」

「上杉家を動かします。最上に対して上杉の勢力が迫れば、因縁のある伊達としては動かざるを得ないでしょう。それでも尚動かないようならば、奥州を治めるに足る器では無かったということで滅んで頂きます」

「最上と伊達は判った。残る蘆名は何とする？」

「伊達が最上を取り込めば、残る蘆名は服従か死かを選ばねばなりますまい。いずれにせよ陸奥の勢力図は塗り替えられましょう」

「策を弄《ろう》しすぎておるな。思い通りにことが運ばぬ折はどうする？」

「最悪全てが裏目に出たとしても、我らの余剰兵力だけで全てを平らげてご覧に入れます」

静子は信長の問いに対して立て板に水とばかりに答えを返した。松姫にとって猛獣のような気配を放つ信長も恐ろしかったが、それ以上にその猛獣に対し臆することなく向かい合う静子こそが恐ろしかった。

政《まつりごと》に携わることなく育てられた松姫には、彼らの話していることの半分も理解することが出来ないのだが、途方もない謀略の世界が繰り広げられていることだけは何とか理解できた。

これほどの知恵者が意見を戦わせあって方針を決めていたのだと思えば、武田家の滅亡も必然であったのだろうと今は受け止めることができた。

「良いだろう。ただし――」

「承知しております。正室の件については本人より話させます」

厳めしい顔つきを静子に向ける信長を見て、彼の意図を汲み取った静子は信忠を見やった。信長の言わんとする処は、信忠が発した松姫を正室に据えるという宣言を撤回させろということである。

正室というのは政治的影響力だけでなく、嫡流の血筋を決定する立場である。血統に拘る武家に於いて、滅ぼした敵方の姫を正室に据えるなど正気の沙汰ではない。

前例がないわけではないが、織田家にはそこまでして松姫を正室に据えねばならない理由がなかった。

「父上、私が至らぬばかりに要らぬご心配をおかけしました。つきましては汚名を返上する機会を賜りとう存じます。松を正室に据えるとの発言はここに撤回し、伏してお詫び申し上げます」

信忠は絞りだすかのようにそう口にして額を床にこすりつけた。

信忠が決断した背景には静子の説得があった。今回の件に関しては別に信忠でなければ為しえない作戦ではない。むしろ手柄を立てられず燻《くすぶ》っている家臣たちに活躍の場を与えられる絶好の機会でさえあるのだ。

つまりは静子の温情によって機会を与えられているが、これは本来別の人間に与えられるはずだったものを譲って貰う形になっている。

更にはこのまま自分の我儘《わがまま》を押し通した場合、二人の間に子をなした際に破滅が訪れる。織田家の根幹を揺るがす存在が許されるわけもなく、母子ともに暗殺されるのが関の山であろう。

亡国の姫である松姫には後ろ盾になってくれる実家の存在もないため、今回窮地に追い込まれているのだ。暗殺という選択肢が俎上《そじょう》に載った時点で、詰んでしまう。

ゆえにこそ松姫は側室で居なければならなかった。そして信忠が命令に背いたケジメをつけた上で、信長に許しを請い側室となれば、その決定に否を突きつけることは難しい。

一連の騒動に対して骨を折った全員の面子を潰すことになるため、信長をはじめ静子、信忠という首脳陣全てに唾を吐く行為など出来ようはずがない。

以上のことを静子から諭された結果、信忠は発言撤回を選ぶに至った。


信忠が諸将も同席する中で信長に対し、一連の正室騒動に関する謝罪をした上で宣言を撤回した。関係者だけの席で行われたものとは別に、諸将が集まる公の場に於いて改めて謝罪と撤回が行われた。

これは同席した諸将らから瞬く間に織田家中に広まった。そして誰もが安堵に胸を撫でおろすことになる。

ことは単なる親子喧嘩に過ぎず、遠からず後継者問題として噴出し、織田家を二分する骨肉の争いとなることが目に見えていたからだ。

信長は信忠の謝罪を受け入れ、信忠に北条征伐を支援すべく別任務にあたることが宣言された。また松姫は静子預かりとなり、信忠が全ての責務を終えるまで別居することが罰として申し渡された。

これら全ての禊《みそぎ》が済めば、晴れて信忠は東国征伐の総大将へと戻されると通達された。

「予想はしていたけれど、意外に早く表面化したね」

報告書を読みながら静子が呟く。北条征伐に赴く者たちが準備を整える中、未だ政情不安定な甲斐に於いて反乱が勃発した。

とは言え、史実のそれとは異なり上杉家が織田家に臣従しているため、規模が随分と小さかった。

それでも反乱は反乱であり、織田家の排斥を唱えて城まで攻めあがられては対処しないわけには行かない。未だに甲斐に残り反乱の芽を潰して回っていた長可は、素早く手勢を集めると即座に鎮圧に乗り出した。

電話による定時連絡ではこれより鎮圧するという報告があったが、今頃すでに戦闘が始まっていることだろう。

反乱を起こすに至った理由は未だ不明だが、反乱に与した者が厳しく罰されることになるのは避けられないだろうと静子は考える。

「余剰資金や装備を尾張に移送する前で良かったよ。明日の定時連絡までには決着もついているだろうし、反乱軍の処罰に関しては現場に一任すると伝えて」

「はっ」

それだけを通信士に伝えると、静子は電信室を後にした。反乱軍の処遇については諸法度に定められており、信長の判断を仰ぐまでもなく首謀者及び参加者は死を以て償うことになる。

これら一連の沙汰に関しては長可に治安維持の権限が託されており、彼の裁量に於いて処罰したと報告するのみで問題ないと考えた。

実際に、事後報告を受けた信長はこれを問題視せず流している。この反乱の首謀者に関しては連座制が適用され、一族郎党に至るまでが斬首された。

反乱に参加した者は例外なく斬首され、これらの反乱を支援した者にも重い処分が下された。

脅されて食糧などを供出した村に関しても、役所に反乱の存在を通報していれば報奨金が下賜《かし》された。逆に反乱を通報せず見逃した村には追徴課税されることになる。

これらの処罰によって織田家の統治が信賞必罰を旨とし、歯向かった者へは厳罰を以て臨むということが周知された。

「流石は伊達家と言ったところかな、真っ先に動くあたりは先見の明があるね」

陸奥の三家から密書を携えた使者が尾張に向かっているとの報告があった。決断に至るまでの日数は伊達家が最も早く、蘆名の腰が最も重かった。

予想通りに物事が推移していることに静子は薄く笑みを浮かべる。

報告書を確認しつつ、広げられた地図上の勢力図を塗り替えていく。東国征伐が為された際には、巨大な版図を持つ一大勢力が出来上がり、織田家とそれに与する勢力が名実ともに日ノ本一と呼ばれる日が訪れるだろう。

(伊達家は誰を送り込んできたのかな？　順当に考えれば遠藤基信《えんどうもとのぶ》あたりなんだけど)

基信は伊達家現当主である輝宗の家臣であり、その優れた外交手腕で知られた人物である。史実に於いて信長や家康、北条氏とも交渉を行っており、輝宗へも信長と交流を持つよう進言していた。

今回の件に関して基信自身が関与している可能性が高く、外交僧などではなく直臣の自分が密書を届けることで、信長や静子に対して本気度をアピールする狙いがあるのだろう。

いずれにせよこのまま状況が推移すれば、伊達家の遣いが最初に尾張にて交渉を行うことになり、静子の目論見通り陸奥の覇権を担う第一歩を踏み出すことになる。

「なあ静子、何か日持ちする甘いものはないか？」

静子が書類を整理していると、掛け声と同時に信忠が入室してきた。これから暫くは松姫に会えない日々が続くというのに、彼女を伴っていないことを考えれば内密の話でもあるのだろうと、静子は筆をおいた。

「軍用の携行食としてチョコバーを追加割り当てするようにするよ。それで用件は何かな？」

「ありがたい。これから暖かくなるとは言え、陸奥は寒いからな。旨い行動食（食事以外の間食で口にし、登山等の体力消耗が激しい場面で補給する高カロリー食のこと）でも無ければやってられぬ」

「あれ？　甘味は口実で、何か内密の話があるんじゃないの？」

「いや、別にないぞ。最初は文句の一つも言おうと思ったが、冷静になって見れば今の状況が最善だと理解できた。自分が大事にする者に危険が迫ったゆえ、焦って暴走したがその前に静子に相談すべきであった」

「そうだね。君が焦って手を打たなくとも、君に力を貸そうとしてくれる人々が周りに居ることを思い出してね」

「うむ。今回の俺がしたことと言えば松を守るつもりが、死地に追いやっていたと気付いて肝が冷えたわ。自分だけは冷静に物事を見られると自負していたのだが、当事者になると難しいのだと痛感した」

「そういうものだよ。他人がやっていることは簡単そうに見えるけれど、実際に行うとなれば相応に難しいものなの。自分がこいつは大したことないなと思っているぐらいの人物は自分と同格。自分と同格だと思っている人物は、己より優れていると思って行動しなさい」

静子は松姫を側室から外すべきだと進言した者たちの背景を探っていた。いずれも本家筋に己の血筋を送り込みたいという、この時代では当たり前にある野心からの行動であり、褒められたものではないが罰するほどでもない。

中には松姫を害してでも側室から追い落とそうと画策していた者もいたのだが、行動には移していないためお咎めはなしとなった。ただし、要注意人物として間者が常に監視する対象とはなっている。

諸将の前で信忠が謝罪と撤回をしたことにより、これら暗躍していた面々も流石に旗色が悪いと悟って現状はおとなしく従っていた。

「いずれ空席となっている正室の座は埋めないといけないよ？」

「それは理解している。いずれ家格に見合った正室が宛《あて》がわれ、世継ぎを作ることになるのだろう。ただ子をなすのみの関係は夫婦と呼べるのだろうか？」

はっきりと言葉にはしなかったが、信忠は正室を妻として愛することができないと言ったも同然であった。

この時代はむしろそのような夫婦の方が多く、互いに好きあって結ばれることなど稀なのだが、それでも信忠には幸せな生活を送ってほしいと願う静子であった。

「ああ、そうだ。せっかくだから一つ頼まれてくれないか？」

「ん、何かな？」

「松の世話係に、静子の侍女を貸して欲しい。やはり松には後ろ盾がないからな、静子が気にかける存在だと示したいのだ。それに女の世界には男の俺では立ち入れぬ限界があるゆえな……」

「確かに今回のことで彼女の立場は危うくなったからね。良いよ、後見人には立場上なれないけれど、侍女の派遣は許可します」

歴史を紐解《ひもと》けば養君（貴人の子息等、いずれ権力者となる者）に仕える人物が後に権力を振うことが往々にして起こりうる。

特に乳母は養君にとって家臣でもあり、母代わりでもあり、成人した後は後見人ともなる後ろ盾でもあった。

そして乳母の実子は乳兄弟と呼ばれ、養君と共に従者として育てられ、長じると養君の家臣として仕えることが多かった。

このため、乳母や乳母の実子は出世が早く、こういった利点から侍女にとって誰に仕えるかは最重要の事項でもあった。

しかし、静子の屋敷に務める侍女たちは違う。己の才覚一つでのし上がろうとする気概があり、またそれだけ突出した能力をも持ち得ていた。

「私から強制することはしないから、松姫本人が信頼関係を結べた侍女を連れていくと良いんじゃないかな?」

「誰とも信頼関係を結べないときはどうする?」

「流石にそこまで面倒は見切れないよ。天は自ら助くる者を助くだよ?」

「む、そういうものか。口惜しいが俺が手を出せる領分では無いのだな……」

「君の寵姫《ちょうき》に仕えるんだから、ある意味出世は約束されているし、誰もつかないなんてことはないと思うけどね。あ、でも侍女を付けたら、私が後ろ盾になったと思われるかな?」

「ふふん、既に言質《げんち》は取ったからな。今更やっぱりやめたは無しだぞ?」

「まあこれだけ骨を折ったんだから、せめて君たちが幸せになってくれないと割に合わないよね」

そう言ってやんちゃな弟を見守るように微笑む静子であった。

史実に於いて武田軍の小杉左近《こすぎさこん》から「家康に過ぎたるもの」と評された人物、その名を本多忠勝《ほんだただかつ》と言う。その生涯において50を超えるいくさに赴き、かすり傷一つ負わなかったと伝えられる剛の者である。

天下三名槍の一つに数えられる蜻蛉切《とんぼきり》を愛用し、合戦に於いては鬼神の如き働きを見せたという。

「叔父上もしつこい」

そんな忠勝にも解決できない悩みが存在していた。忠勝の叔父である忠真《ただざね》から正室を娶るよう繰り返し詰られるのだ。

忠真からすれば主君からの信頼も得て、名実ともに本多一族の長にふさわしくなった忠勝の正室の座が空席というのは外聞が悪いと言うのである。

忠勝はこれまで、何かと理由をつけてはこの話題を避けていた。しかし宿敵武田家の滅亡により主家である徳川家の抱える領土問題が解決し、遂に逃げられなくなってしまったのだ。

「どうしたものか。今までは武田を言い訳にしてきたが、これからはそれも通じぬ」

今が好機と狙いを定めた忠真は攻め手を緩めなかった。忠勝が可愛がっている妹の栄子《えいこ》までを抱きこんで泣き落としすらさせたことから彼の意気込みが窺える。

さしもの忠勝も年貢の納め時かと覚悟した折、それまでの努力を台無しにする出来事が起こってしまった。

「またか……」

榊原康政《さかきばらやすまさ》は天を仰ぐようにして嘆息した。そのやや後ろに控えている服部半蔵《はっとりはんぞう》も渋面を作っている。彼らの眼前では徳川にその人ありと謳われる忠勝が、男泣きに涙を流しながら文を押し抱いていた。

身内の不幸でもあったかと見紛う所業だが、これは嬉し泣きである。しかも四季折々の時候に際して起こる発作のようなものと、皆が諦めつつあった。

「身を固めて子までなしたというのに、未だに想いが捨てきれぬと見える」

「かつてのような激情は鳴りを潜めたが、深く静かに感じ入っているように見えるのがなんとも……。いっそ静子様の方から袖にして頂けぬものか」

忠勝が感涙している理由は、静子から時候の挨拶として文と贈り物が届けられたためであった。静子からすれば特に忠勝個人に固執する必要性はなく、同盟相手である徳川家と関係を維持できさえすれば良い。

しかし静子は奇妙な縁で知己を得て、それ以降も長く交流を続けており、また徳川家と織田家の合同事業でもある綿花栽培の仲介者となった忠勝を得難い友人だと思っていた。

故にこそ節目節目に贈り物をし、お互いの立場を越えて私人としての交流を続けている。

「彼《か》の御仁《ごじん》は義理堅いことで有名だ。今や身分は我らが殿と並び、家格に於いては日ノ本でも屈指の近衛家よ。それにもかかわらず昵懇《じっこん》の付き合いをされる」

「まあ縁を切られたならば、それはそれで平八郎《へいはちろう》が塞ぎ込むであろうし悩ましい。少し見苦しいぐらいは我慢すべきやもしれぬ」

現代で言うところのお中元やお歳暮にあたる進物のやり取りは江戸時代に一般的となったとされる。ただ上流階級に関してはその限りではなく、静子も現代と同様に振舞っていた。

静子は忠勝だけでなく、徳川家の主たる家臣にも贈り物をしているのだが、文が届けられるのは忠勝だけとあって彼の感動も一入《ひとしお》といったところだろう。

「そなたたちも見よ！　静子殿は未だに我らのことを気遣って下さる。皆が病を得ぬよう生活の指南から、尾張でも限られた者のみが手にできる薬まで賜ったぞ」

「判ったから少しは年相応に落ち着いて見せよ。貴様の声は耳に痛い」

「そなたらが離れておるから声を張っているのだ。もそっと近《ちこ》う寄らんか！」

鶏が先か卵が先かという話ではあるのだが、いずれにせよ原因は忠勝にあると言いたいのをぐっと我慢して距離を詰める。

忍耐を見せた半蔵とは異なり、康政は神妙な表情を浮かべて特大の地雷を踏みぬいた。

「なあ忠勝。貴様も本当は判っておろう？　如何に親しくしていただいたところで、彼女は最早お前の手が届く存在ではないのだぞ？」

満面の笑みを浮かべていた忠勝だが、その一言を耳にした途端に表情が凍り付いた。瞑目《めいもく》して天を見上げていた忠勝だが、心に溜まった澱を吐き出すかのように大きなため息を吐いた。

「そのようなことは言われずとも判っておる。某は徳川家に連なる家臣の一人に過ぎぬ。対する静子殿は近衛家のご息女でもあり、官位官職を得た織田家屈指の重鎮よ。たとえ天地が覆ろうとも結ばれ得ぬ」

先ほどまでとはうってかわって透徹《とうてつ》した眼差しで忠勝は答えた。

「ならば何故、その想いを捨て去らぬ？」

忠勝は静子に惚れ込んだ時から、いずれこのような時を迎えることを無意識に理解していたのかもしれない。こうも容易《たやす》く己の心の内に入り込み、魂の深い部分を揺り動かす静子が己の器に余ることは、付き合いを重ねるごとに深く刻まれていった。

「捨てぬよ。恋は破れたが、某の想いに一片たりとも嘘偽りはない」

忠勝の短い言葉に、康政は彼の悲壮な決意を見た。燃え上がるような恋は破れ、尊敬とも憧憬《しょうけい》とも取れる慕情へと変わったが、それでも忠勝はその想いを捨てない。

忠勝が抱く静子への想いは複雑だ。彼女をどうこうしたいのではなく、いずれ己も彼女と並びたてるようになりたいという願いに近い。

「叶わぬ恋だとて費やした時はひと時たりとも無駄にはなっておらぬ。我が血、我が肉となって息づいておる。そんな己の生きざまを恥ずかしいとは思わぬ」

「ふっ。そこまで想い抜いているのならば、もはや何も言うまい」

忠勝の真っすぐな生き様を眩《まぶ》しく思いながら康政は笑みを深くする。

（せめて妻子の前では父の威厳を保って欲しいものだ）

付き合いの長い康政は忠勝の言葉に絆《ほだ》されてしまったが、半蔵は彼の妻子を前にして醜態を見せぬよう神仏に祈っていた。

「しかし、跡継ぎはなんとする？」

跡継ぎという言葉に忠勝は渋面を作る。忠勝とその側室である乙女《おとめ》との間には女児しかいないのだ。

この点に於いても忠真が正室を勧める理由となるのだが、悩ましい問題でもあった。何故なら忠勝の父である忠高《ただたか》も、男児に恵まれず忠勝を除けば女児ばかりであった。そして叔父本人も男児は一人きりであり、本多一族は女性が多くなる傾向にある。

この状態で当主となる忠勝に嫡子がいないのでは焦るなという方が無理であろう。

正式な跡継ぎが生まれるまで忠真が安心出来ないという心情は忠勝にも理解できる。武家においてはお家の継承こそが最も重大な使命なのだから。

「うーむ……どうするべきか」

「あまりにも自儘《じまま》が過ぎれば、流石の殿もお前に命を下さねばならなくなるぞ？　まさか殿にそこまでさせる気か？」

長年の付き合いから忠勝の思いは重々承知しているが、然りとて主君である家康の手を煩わせるのは看過できない。

康政の言葉から忠勝は憤りを感じていた。しかし感情というものは自分でも容易に制御できるものではない。眉間に深いしわを刻んで悩む忠勝に、半蔵がニヤリと笑みを浮かべて言葉を放った。

「ならば貴様は、殿が命じるのであれば正室を迎えるのだな？」

「む……そこまでされれば……やむを得ぬであろう」

不承不承ではあるものの、半蔵の言葉に忠勝は言葉を返した。渋々とは言え譲歩を引き出した半蔵は、更に追い打ちをかける。

「女々しいぞ平八郎！　そのような体《てい》たらくでは静子様も呆れられようというものだ」

「殿の命とあらば否やはない！」

忠勝の背後を見て状況を察した康政が煽《あお》り、まんまとそれに乗せられた忠勝は致命的なミスを犯した。

「とのことです、殿」

康政と半蔵は深々と頭を下げながら忠勝、正確には彼の背後にいる家康に一礼してみせた。忠勝が飛び跳ねるほどに驚いて振り向くと、そこに満面の笑みを浮かべる忠真と、若干の憐れみと諦念を混ぜて笑みの形をとったような表情の家康がいた。

「平八郎。親族を困らせるものではない、年老いた両親を安心させるためにも室を娶れ」

「……はっ」

この一言で忠勝が正室を娶ることが決定した。家康と忠真が話し合い、阿知和《あちわ》玄鉄《げんてつ》の娘（於《お》久《ひさ》）を正室に迎えることとなった。

阿知和家の者だが元は能見松平《のうみまつだいら》家《け》三代当主である松平重吉《しげよし》の兄弟だ。

能見松平家は家康の属する松平氏の庶流であり、玄鉄の娘を正室に迎えることは忠勝が家康と血縁者になることを意味する。

こうして忠勝が何か余計な話をする前に、周囲が手早く婚姻を纏め上げてしまった。その手早さから忠勝が何を言おうが最初から決定していたとも言える。

「最初から決まって……いたのか」

「諦めろ、気付かなかった時点でお前の負けだ」

「そうだな。流石にそろそろ腹をくくろう」

忠勝は晴れ晴れとした空を見上げつつ、静子への慕情は断ち切れぬまでも叶わぬ希望を捨てる覚悟を決めた。


鶏肉は尾張に於いて最も食べられている獣肉である。豚は比較的普及してきているのだが、食肉を目的として育てられた牛は限られた人間しか口にすることはできない。

逆に鶏肉は広く庶民に至るまで食べられており、貴重なタンパク源として愛されている。鶏肉が普及した背景には尾張で採卵産業が行われていることが大きかった。

もちろん最初から食肉目当ての養鶏業も営まれており、採卵用の品種を採卵鶏《レイヤー》、食肉用の品種は食肉鶏《ブロイラー》と呼んでいる。

現代に於いてブロイラーは栄養、とりわけタンパク質豊富な濃厚飼料を与え続け、約50日間ほどで急成長させて出荷する。

対してレイヤーには採卵を見込んだカルシウム重視の粗飼料を与えつつ、１２０日ほどかけて成体にする。その後は合間に休産期間を設けつつ、約一年半の間卵を産み続けさせるのだ。

そして生まれてから約二年経過するとどんな鶏であっても産卵ペースが落ちるため、屠殺して食肉に回される。

非情な判断ではあるが、経済動物である鶏は産卵ペースを維持する必要があり、次々に若いレイヤーへと入れ替えることになる。

産卵ペースが落ちて食肉に回された鶏は、老鶏やヒネ鶏などと呼ばれ肉質も固く脂も臭う。しかし、噛みしめると強い旨みがあり、安価であるため好んで購入する人も多いようだ。

翻って戦国時代に於いてブロイラーに相当する品種は、烏骨鶏《うこっけい》、尾張コーチン、薩摩鶏が飼育されていた。

レイヤーに関しては尾張で新しく開発された品種として白豊輝《びやくほうき》が挙げられる。白豊輝は正式名称（和名）を『産土神《うぶすながみ》白輝《びやっき》』という少々仰々しい名前がつけられていた。

この品種は尾張の畜産を統括しているみつおが地道な品種改良の末に執念で生み出したもの。通常の鶏に比べて倍以上の産卵ペースを誇るホワイトレグホンに匹敵する品種を目指して交配を繰り返した集大成なのだ。

このためにみつおは静子に掛け合って近くは東南アジア諸国、遠くはアメリカ大陸にヨーロッパ諸国の地鶏までを取り寄せた。これらを記録しながら地道に交配を続け、病気に強く産卵数の多い個体を選別して血統を固定化していった。

産卵数を最優先にしたため、肉自体の味はブロイラーに劣るものの、白豊輝はその年平均で100個もの産卵数を誇る。現代のホワイトレグホンの年平均300個には遠く及ばない。

これは鶏の生態を研究した結果、光を当てると産卵が促されることが判明し、飛躍的に産卵数が伸びた結果である。これらを考慮すれば白豊輝の100個は驚くべき数値だと言える。

みつおが感極まってしまい中二病を再発させ、愛する妻と子及びその土地に住まう人々を生まれる前から死んだ後まで守護する神『産土神』の名を与えて繁栄を願ったのは無理からぬことだろう。近年静子が実用化した白熱電球を導入できれば、白豊輝の産卵数は更に伸びることが予想された。

ただし、みつお命名の正式名称は普段使いするには長すぎるため、愛称の白豊輝が市場等の関係者間で普及した結果、定着してしまったのは皮肉だろう。

余談だが静子は外来語の名前を付けたがるし、信長に至っては見たまんまの白太鶏《しろぶとどり》という酷い名前を挙げたため、みつおの案が採用されたという経緯がある。

白豊輝が誕生して以来、鶏卵の供給体制が安定した。これによって採卵食肉兼用種である尾張コーチンは、卵より肉の食味を優先して品種改良が進められた。

牡蠣《かき》の養殖産業を営む静子は、大量の牡蠣殻を供給することができるため、白豊輝の飼料にはカルシウム豊富な牡蠣殻を多く与える。一方で尾張コーチンは肉の味を良くする穀類中心の濃厚飼料を与えるようになった。

こうして尾張コーチンの卵が品薄になった結果、稀に流通するコーチンの卵は高値で取引されるようになる。白豊輝のお陰で鶏卵の価格は安定してきているものの、まだまだ庶民が気軽に食べられる食材ではない。

それゆえ鶏卵はただでさえ高級品とみなされているのに、更に希少な特上の卵は強烈なブランドとして富裕層が挙《こぞ》って求めるようになった。

「烏骨鶏、尾張コーチン、薩摩鶏に白豊輝どれも良い売り上げだね」

静子は自分のところまで上げられてきた売上報告書を見て頷く。彼女は多くの年月を費やして養鶏産業を一大ビジネスへと押し上げた。未だに日ノ本全体で見れば獣肉食を忌避しない地域は少ないが、尾張を中心にその有用性は広まりつつある。

獣肉食が当たり前にある環境で育った子供たちの体格差は顕著であり、そうした情報は尾張に出入りする商人や旅行客などから全土に広まり、鶏卵や鶏肉の需要は拡大の一途をたどっていた。

順当に需要が拡大していけば、尾張一国だけで全ての供給を賄うことなどできなくなるため、他国でも養鶏産業を推進しようとしているのだが、みつおのように畜産業に対する包括的な知識を持つ人材が育っていないため未だ実現していない。

「試験的に白熱電球を設置した鶏舎の白豊輝は、産卵ペースが日に日に上がっているようね。そろそろ採卵用の混合飼料を市場に流通させても良いかな？」

レイヤーにはトウモロコシなどの穀類、大豆や菜種等の採油植物の搾りかす、牡蠣殻や魚粉、場合に応じて肉骨粉なども加えた混合飼料が与えられている。

その際にトウモロコシの比率を増やせば増やすほどに卵の黄身が鮮やかな黄色を呈するようになる。養鶏を始めた当初は白っぽい黄身だったのだが、最近ではトウモロコシの生産量増加に伴い、配合比率が上がってきているため現代のそれに近い黄身となっている。

「これでトウモロコシの研究も加速するね。フリントコーンも大量に確保できたし、これで飼料には困らないかな」

史実に於けるフリントコーンの伝来は1579年だが、静子が海外に働きかけて少し早回しで取り寄せたのだ。

フリントコーンとは我々が普段食べている甘味種のスイートコーンとは異なり、硬粒種と呼ばれる品種だ。塩茹でどころか生食さえ可能なスイートコーンに対し、フリントコーンは文字通り非常に果皮が硬くまたでんぷんも糖化していないため、熱を通さないと食べても甘みを感じない。

一見良いところが無いように見えるフリントコーンだが害虫抵抗性を持ち、低温環境下でも受粉が可能であるため冷夏にも強いという特徴があった。硬い果実（トウモロコシの一粒一粒が果実に当たる）も挽いて粉末にすれば小麦粉のように加工して食べることができる。

南米で多く食べられているトルティーヤ（磨り潰した粉から作る薄焼きパン）などはその代表的なものだろう。尾張では先にスイートコーンが普及してしまったため、もっぱら家畜の飼料として利用されることになった。

「あとは如何に効率よく栽培するかを研究したいんだけれど……関わらせて貰えないだろうなあ」

　スイートコーンほどでは無いが、フリントコーンも栽培にあたり大量の水を要する。既にスイートコーン栽培の折、地面に這わせたパイプに微細な穴を開け、そこから微量の水を与え続けることで必要とされる水分量を大幅に減らす技術は確立していた。

　静子としては更に定植する作物の間隔（株間《かぶま》と呼ぶ）を最適化し、面積当たりの収穫量を最大化したいという野望があるのだが、立場故に自らが関わることを許して貰えない。

　仕方ないとは思いつつも、長く農作業から解放されたが故に白く美しい手を見てため息をつくのであった。農業に関しては先進的な知識を持っている静子が携われば効率は上がるだろう。

　しかし、領地経営者としての静子が日々生み出す富に比べて、彼女が直接農作業に携わることで生み出せる富はあまりにも少ない。社会全体を富ますためには、少々効率が悪くとも他の多くの人に作業を任せた方が良いという非情な経済の本質があった。

「静子様、昼餉の準備が整いました」

　そうこうしている間に昼食の用意ができたと告げられた。養鶏産業の報告書をみていたためか、急に熱々の親子丼を食べたい気分になったのだが、今更メニュー変更など出来ようはずがない。

明日の昼食としてリクエストしようなどと考えながら厨房に向かい、多くの家人たちとともに昼食をとる。生活を共にするほど近しい人々とは可能な限り一緒に食事をとるという静子のポリシーによるものだが、戦国時代の常識からすれば異例である。

今日の献立は静子の予想に反して鶏料理が供されていた。五穀米に高級品である烏骨鶏の卵を使った茶碗蒸し、尾張コーチンの胸肉を使ったピリ辛の照り焼き、卯の花（おからのこと）の炒り煮、筍《たけのこ》とワカメの木の芽酢が並ぶ。

静子邸の食事は基本的に一汁三菜であり、普段は汁物に味噌汁が供されることが多いが今回は茶碗蒸しとなっているのがやや変化球ではあった。

「いただきます」

静子の号令で皆が手を合わせて唱和し、一斉に食事が始まった。静子はまず茶碗蒸しの蓋を取り、ふるふると震える生地を掬って口へ運ぶ。烏骨鶏の卵は濃厚な黄身の味わいが特徴であるため、茶碗蒸しにした際もその風味が際立つ。

次に五穀米をいただく。静子邸で出される五穀米は米、押し麦、粟《あわ》、黍《きび》、小豆《あずき》が入っており、栄養価に優れ食感も良く、もちろん味わいにも気を配っている。

（私はこれはこれで美味しいと思うんだけれど、我が家の欠食児童どもには不評なんだよね）

白米を好む慶次や長可は、玄米や五穀米の飯に難色を示す。栄養価を重視する静子に対して、食味優先の彼らはどうしても白米を食べたがるのだ。

しかし、こと食事に関しては静子の意向が最優先されるため、どれほど文句を口にしようが特別に白米が与えられるなどということはない。

（ビタミンB群が不足すると脚気《かっけ》になるって言うのに、困ったものだ。うーん、ねっとりとした身質に絡む照り焼きのたれが堪らない）

ピリ辛風味に味付けされた尾張コーチンの照り焼きは、濃い味付けもあってご飯が進む。合間に木の芽酢で口をさっぱりさせ、卯の花の炒り煮で出汁の旨みを堪能する。

季節折々に合わせた上に、栄養面にも気を配り、更に飽きの来ない献立を作るのは大変なのだが、静子邸の料理人たちはその難事を見事にこなしてくれていた。

「ごちそうさま、美味しかったと伝えて頂戴」

食後のお茶を運びつつ、静子の膳を下げにきた下女に伝言を頼むと、一足先に自室へ戻る。

静子の仕事は多忙を極め、報告書に目を通すだけでも多くの時間を要する。更に平時とは異なり、今は大きないくさを仕掛けている最中であり、忙殺されて目が充分に行き届かないことを良いことに悪さを働く者が出る。

「また税の私曲《しきょく》（不正行為を指す。ここでは横領）か。勝蔵君が居なくなった途端に税の私曲が増えるんだから、彼の抑止力は大きいんだね」

初めは少額であったのだろうが、もはや一財産と言える額を懐に入れているという報告書に静子は呆れた。

税の横領に対しては厳罰を以て臨むと法に謳われており、既に物的証拠も揃えられ後は静子の指図一つでいつでも検挙できる状態である。

問題はタイミングであった。時期を見誤ればただでさえ忙しい状況だというのに、捕り物やら後始末やらで多くの時間を取られてしまう。

可能ならば一罰百戒で済ませたかったのだが、小悪党が蔓延しても困るため一斉に検挙する大捕り物にならざるを得ない状況だった。

「うーん、ここは一つ専門家に任せるかな」

信長が綱紀粛正を宣言した折に設立された組織として、税に関する不正を追及する専門部隊が存在する。

現代の税務署と国税局査察部（いわゆるマルサ）を併せたようなものだが、武装及び裁判権を有しており、その場で刑の執行までが行われる点が異なる。

その容赦なさは意図的に喧伝されており、多くの人々は安易に横領するよりも、正直に税を納める方が得策だと考えるのだ。

それでも一定数の不心得者が出てしまう辺りが、人間という生き物の持つ業なのだろう。

「今回は小なりとは言え領主までが含まれているから、返り討ちにしようとするかもしれないから気を付けて貰わないとね。いつでも増援を出せるよう支度だけしておいて頂戴」

「はっ！」

横領犯の一覧が記された書類の束と共に伝言を小姓に託す。諸々を受け取った小姓は一礼をすると、足早に部屋を出ていった。

小さく嘆息した静子だが、彼女の文箱にはまだまだ沢山の書類が山をなしている。少しげんなりしつつも、静子は次の報告書に取り掛かるのだった。


史実に於いて富豪の代名詞とも呼ばれるロックフェラーが予言したように、より明るい光が暗い闇を駆逐するのは自明である。

当時の明かりは鯨油《げいゆ》を用いた灯火ランプで仄暗《ほのぐら》かった。そこへペンシルバニア州で油田が発見されたことで状況が一変する。

当初ロックフェラーは石油にさほど興味を抱いていなかったが、石油を精製して作られた灯油がもたらす光は鯨油のそれよりも明るかった。

これを見たロックフェラーは全ての人が石油を求める時代が来ると考え、石油王への道を歩むことになる。

この一連の流れは、ここ尾張に於いても変わらなかった。静子が信長の目の前で白熱電球下部のスイッチを捻る、すると眩《まばゆ》いばかりの光が周囲の闇を駆逐してしまった。

「なんと明るいのだ！　これ一つで篝火《かがりび》よりも眩しいぐらいだ。しかも直接触っても熱くない！」

「上様、直接触れるのはおやめください。今は熱くなくとも、時間経過と共にかなり熱くなりますので……」

「そうか。それでこれはどれほどの間光り続けるのだ？」

「お望みとあらば我々が泉下に向かった後となる百年先でも光っております。これだけは特注品ですゆえ」

意外と知られていないことだが、電球の寿命というのはわざと短く作られていた。

センテニアルライトバルブで調べると容易に見つかるのだが、実際に１９０１年から２０２１年に至るまで点灯し続けている（数回は消灯している）電球があるのだと言う。

一般的に白熱電球の寿命は１０００から２０００時間と言われている。これに比べて１２０年間、つまり１０５万時間も点灯し続けているセンテニアルライトは５００倍もの寿命を誇ることになる。

これは何も特殊な技術が用いられていたわけではなく、単純に白熱電球の消耗部品であるフィラメントが通常のものと比べて8倍太く作られていることに起因する。

ただ8倍太く作っただけで100年以上も点灯し続けられるわけではなく、センテニアルライトが点灯し続けるのには当然からくりも存在する。

白熱電球の発光原理は電気抵抗による発熱であり、極めて真空に近い電球内部で電気を熱と光に変換し続けている。

しかしフィラメントが発熱し続ける（これを白熱化と呼ぶ）と、フィラメントは徐々に昇華（電球内部で気体に変わる）して表面から削られてゆき、細くなっていく。

最後にはフィラメントが切れてしまい通電できなくなると、電気回路が途切れてしまうため白熱化しなくなる、いわゆる電球が切れた状態になる。

因みに物体というのは一般に高温であるほど通電しやすくなる性質を持っている。通常通電しない気体でさえもプラズマ化すれば電流が流れ、雷の稲光りなどがそれに該当する。

白熱電球も例外では無く、冷えた状態のフィラメントに通電すれば最初に大きな抵抗ゆえに白熱化し、白熱化すると抵抗が下がって大きな電流が流れる。

この最初に大きな抵抗を突破する際にフィラメントに大きな負荷がかかり、この時点でフィラメントが切れるということがよく起こる。

つまりは白熱電球はオン・オフを繰り返すほどに寿命がすり減るのだ。センテニアルライトは厳重に電源管理がなされ、ほぼ点灯し続けているために長く点灯していると言える。

「なんだ？　これ以外の電球はもっと早く消えるのか？」

「そうです。この明るさは既存の灯りを駆逐してしまうでしょう。ろうそくや灯明《とうみょう》の油需要が減ることを意味し、急激な移行は経済に歪《ゆが》みを与えます」

「しかし適者生存が自然の摂理だと説いたのはお前ではないか？」

「多くの人は急激な変化を受け入れられません。今は限られた人にしか利用できない電球ですが、電気が一般に普及すれば多くの人が使用するようになります」

「つまり膨大な数の電球を作る資金を捻出するためにワザと寿命を短くするのか……」

「富というものは独占してはいけないのです。流れる水は腐りませんが、水瓶に汲んだ水はいずれ腐るのです」

「多くの者を富ますために必要な措置なのだな？」

「はい。私はこれが必要なことだと考えております」

「ならばわしの名に於いて許そう。そしてこの貴様が切れぬと申した電球を灯し続けよ。わしの命が潰えたのちも光り続けておれば、わしの名を与えよう」

こうした経緯があって静子の関係者に対し、徐々に普及し始めている白熱電球だが、その恩恵に最も与っているのは予想外の人物であった。

その者たちの名前は詩《うた》と、海《うみ》。かつてガラスペン所持によって静子に囲われた作家の二人組である。

彼女たちはそれぞれに異なった得意分野を持っていた。詩は高い教養と豊富な語彙力に裏打ちされた文章を紡ぎだすことに長じており、海は天才的なセンスによって似顔絵や風景を描くことを得意としている。

そんな二人は静子の義父である近衛前久が刊行している『京便り』に絵物語を寄稿しており、公家の間ではすでに正体不明の人気作家として高い知名度を得ていた。

こうした表の作家活動の他に、二人は世間に秘密にしなければならない共通の趣味を持っていた。

「腐《ふ》腐《ふ》腐《ふ》腐《ふ》腐《ふ》。森《もり》家の蘭丸《らんまる》様と、最近静子様にお仕えになった七助様が仲良くされているようよ？」

「海は本当に美形が好きよね。確かに二人とも滅多に見ない美少年だけれど、もっとこう無垢《むく》さが欲しくない？　兄と幼い弟との純愛とか堪らないわ！」

世間様に知られれば後ろ指をさされかねない趣味だけに、二人の創作活動は主に夜間に行われる。そんな昼夜逆転の生活を支えるのは静子謹製の白熱電球であった。

天井から吊るされ、琺瑯引きの笠が被せられた電灯は、世闇を退けて真下を真昼のように明るく照らし続けている。

彼女たちの描く大きな挿絵の入った小説形式の小冊子は、貴族の子女はもちろん、ひそかに武家の間でも好評を博しているのだ。

この時代の似顔絵からすればやや写実的な筆致の海の挿絵に、抒情《じょじょう》的な詩の文章が合わさったそれは唯一無二の価値を持つものとして評価された。

「先日、静子様のお屋敷へ打ち合わせのため伺ったのだけれど、そこで談笑されている蘭丸様、七助様のお二人を見かけたのよ」

「ふうん、それで？」

「少し話しこまれた後、お帰りになる蘭丸様の背中を見つめる七助様の愁《うれ》いを帯びたお顔。あれは恋よね！」

「それは捗《はかど》るわね！　もう少し詳しく！」

実際の七助は、長話をしたため腹が減り、久しく口にしていないカレーが恋しくなっただけなのだが、腐った二人の目にはそのような些事は斟酌《しんしゃく》されない。

こうして二人は夜を徹して語り合い、その余力で作品を紡いでいく。完全に趣味の産物だが、普通に男色文化が存在し、お稚児趣味などもある世の中だけに、彼女たちの作品は多くの人に愛されることになるのはまた別の話。

信長の眼前には白と黒に塗り分けられた鍵盤の並ぶ楽器が鎮座していた。

「ほう。これが洋琴《ようきん》（ピアノのこと）というものか、一体どのような音がするのだ？」

「これはこのように鍵盤を軽く叩くことによって音を奏でます。原理的には和琴《わごん》と同様に弦を鳴らすことで演奏します」

「何処に弦があるのだ？　見る限り白と黒の歯があるようにしか見えぬぞ」

「それはここから見えない本体内部に張り巡らされております。このように蓋を持ち上げると弦が見えるようになります」

「なるほど、弦の長さで音階を変えているのだな。どういう仕組みでこれを弾くのだ？」

「弾くのではありません。上様、こちらから御覧になってください。ピンと張られた金属線を下から叩く槌がございます」

「仕組みは解った。ところで貴様はこの洋琴を演奏できるのか？」

「私がかつて暮らしていた国では、一学級に一人は弾ける者がおりましたから私も一応は。しかし、長く練習をしておりませんので、簡単なものならばと条件が付きますね」

　静子はそう言いながら椅子に腰かけ、鍵盤に両手を乗せる。ドレミファソラシドと順に音階をなぞり、次に和音をいくつか鳴らして調子を確かめた。

そして静子はゆっくりと確認するように旋律を紡ぎ始めた。それはシューマン作曲のピアノ曲『トロイメライ』であった。明らかに和の旋律とは異なる曲調を珍しがりながらも、信長は静子の演奏に黙って耳を傾ける。

トロイメライはピアノを習い始めた子供が練習曲として課されるぐらいには有名であり、それほど技巧的ではないものの多くの基本となる譜面進行が含まれる良曲だ。

2分少々という短い演奏ではあったが、思ったよりも静子の指は動いてくれた。遠い日の記憶に思いを馳せ、少し感傷的になっていると信長の拍手が響く。

「見事じゃ。初めて耳にしたが、何処か物悲しく美しい響きであった」

「お褒め頂き恐縮です。では少し上様にも馴染みのある曲を弾いてみましょうか」

静子はいたずらっぽく笑ってそう言うと、軽快なメロディーを奏で始めた。信長は馴染みあると言われたのに、さっぱり聞き覚えのない曲調に困惑したが、すぐに歌い始めた静子の声で理解する。

「なんと、これはらじお体操の曲だと言うのか！」

「はい。私が幼少期を過ごした国では老若男女を問わず、皆がこれを繰り返し聞いたものです」

「なんということだ！　静子、この洋琴は幾つある？　この曲を弾けるようになるにはどれほどの時を要するのだ？」

予想外の食いつきを見せる信長に驚きながらも、静子は彼の矢継ぎ早の質問に答えを返していく。

「残念ながらこれを除けば試作品が一つあるのみです。曲自体は難しくないので、演奏自体はすぐにできるようになるかと……ただ、繊細な楽器ですので、調律と呼ばれる手入れが必要になります」

「惜しい……余りにも惜しい。他の楽器でこれを演奏できぬものか？」

「難しいですね。私が雅楽の楽譜を読めませんし、どのように伝えたものか……あ、蓄音機なら作れなくもないですね！」

「ちくおんき？」

「はい。読んで字の如く音を蓄えて記録し、また好きな時にそれを鳴らす機械になります。上様のお好きな電信・電話の応用で作ることができますよ」

「ほうほう！　それはこの洋琴の音以外でも記録できるのか？」

「記録された音を鳴らすことを再生というのですが、その速さを固定すれば会話であろうと楽曲であろうと記録と再生ができます」

静子の言葉を受けて信長は思わず妄想してしまう。蓄音機がどのような姿かわからないものの、機械というのは総じて電気を使うのだと聞く。

静子の手によって一部ではあるが安土城も電化されており、幾つかの機械が設置されているのだ。

信長は自分が朝起きて機械室に向かい、まだ見ぬ蓄音機でこのラジオ体操を再生しながら体を動かす自分の姿を思い描く。何なら臣下も集めて皆で一斉にやるのも良いやもしれぬ。

新しいもの好きの信長としては、この音楽と共に起きる生活は素晴らしいもののように思えた。

「よし、その蓄音機とやらを作るのだ」

子供のように目を輝かせる信長を見て静子は苦笑しつつ、蓄音機の開発を請け負った。

蓄音機の原理は難しくない。既に音声を電気信号に変換することすら実現しているのだ、音声の振動を記録媒体に書き込む程度は造作もない。

比較的柔らかい樹脂製のレコードに対し、紙コップのような物に金属針を取り付けて固定し、音楽を演奏した際の振動を紙コップで拾って一定速度で回転し続ける円盤に傷をつけるだけで良い。

再生はこの逆を行う。つまり溝の深浅をレコード針がなぞることで振動が生じ、それを拾ってサウンドボックスと呼ばれる振動増幅機構を通してスピーカーから音が出るというものだ。

技術的には既に存在するものを組み合わせるだけであり、冷間線引きによって鍛えられたピアノ線を張り巡らせるピアノに比べれば、作るのは随分と容易なはずだ。

　そして静子はふと思い至る。信長が存命中に蓄音機を実用化すれば、彼の肉声を記録媒体に留めて後世に伝えることができるかもしれない。

　既に信長本人の写真に採色したものは、ネガごと厳重に封印して保存してある。歴史的偉人の生の声を残せると思うと、静子自身もわくわくが止まらなくなってきた。

　学校と言えばピアノだろうという安易な発想で取り掛かった洋琴開発だが、思わぬところへと波及してしまった。

　記録媒体という面で一気に難易度が跳ね上がるのだが、写真と蓄音機を組み合わせることで活動写真と呼ばれた動画をも記録することが可能となる。

　歴史的事物の記録にこれほど適した物は他にない。動物の生態や人々の暮らしぶりなども後世に伝えることができるかもしれない。

　急な思い付きから、自分がこの時代に生きた証を残せることに思い至り、彼女はこの開発に意欲的に取り組むことになるのだが、それはまた別の話。

千五百七十七年　五月下旬

　東国征伐に於ける二大目標の一つである北条征伐は大きく延期することが宣言された。元々天候不順によって順延を繰り返していたのだが、東北情勢もあり計画自体を見直すことになったのだ。

　当然これは延期であって中止ではない。北条側にとっては九死に一生を得たかのような好事なのだが、生産力・経済力・軍事力のいずれもが上回っている織田家にとってもこれは有利に働いてしまう。

　基礎能力の差が決定的に開いてしまっている以上、何か手を打たない限りこの差は開き続けてしまう。

　それにもかかわらず、史実に於いて『小田原評定《ひょうじょう》』と呼ばれる故事となったように、北条側はこの値千金の時間を無駄な議論に終始することで浪費し続けていた。

　そのころ静子は尾張の地にて領地運営計画を確認していた。天然痘対策に関する越権行為の懲罰として、年貢に関する一割加増を納めた際の領地運営計画が事務方から上がってきており、想定外の巨額出費に対しても揺るがない余裕が数字として確認できる。

この時代に於ける領主の私有財産と領地の運営資金は明確に区別されていない。しかし尾張に関しては異なっており、領主である静子の私有財産と、領地運営に掛かる領主が運用する資金が明確に分けられていた。

そして静子が持つ莫大な私有財産は膨れ上がる一方であり、静子は今回の罰則金である一割加増分を己の財布から賄おうとしていた。

静子の感覚としては死蔵し続ける財産など経済に対する重しでしかなく、独断専行に対する責任を取る形で放出するのは渡りに船とさえ考えていたのだ。

しかし、静子の腹心たちはこれを良しとしなかった。静子一人に罰を負わせたとなれば、尾張の民にとって末代までの恥となると強硬に反対した。

今回の決定は静子が最終判断を下したが、腹心たちも納得してこれに加担しているのだから、これは尾張国の総意として処理するのが妥当だと主張する。

一方で領民たちも天然痘という死病の恐怖は祖父母や両親から何度も繰り返し聞かされていたため、静子の判断を美談として支持してすらいた。

身も蓋もない話をすれば、庶民ですら他者のことを慮《おもんぱか》れるほどに尾張が富んでおり、それだけの余裕があるからこその結果なのだが、それら全てを長い年月をかけて築き上げたのは他ならぬ静子の手腕である。

そうして尾張から巨額の資金が他領へと流出し、一時的に経済が停滞するかに思われた。これに対して静子は腹心や領民たちの厚意を無駄にしないよう、私財を投じて多くの公共事業を尾張全土に広げた。

結局私財を投じるのでは元の木阿弥と思われるかも知れないが、単なる放出と投資は結果が異なる。インフラ回りの公共事業であるため即時に利益とはならないが、これらは尾張領民たちの生活基盤を底上げし、それは巡り巡って税収となって戻ってくる。

こうした現代であればバラ撒きと揶揄されかねない政策と、領民たちの奮起が一致したことにより尾張は例年以上の活発な経済活動が行われることになっていた。

そうしている間にも暦は五月となり、各地に散っていた慶次や長可、才蔵に足満も尾張へと帰還を果たした。

長旅の疲れもあってか帰還した者は例外なく泥のように眠り込み、静子の許へと報告に向かったのは翌日の昼過ぎになってのことだった。

長可に関しては領地を賜っており、領主として現地に残ることもできたのだが、彼はその全権を森家当主でもある兄の可隆に引き継いでしまった。

長可としては反乱が起こる恐れがあるから留まっていただけであり、治安の回復した領地に興味が持てなかった。血気盛んな長可にとって安定した領主生活よりも、血湧き肉躍る北条征伐への参陣の方がよほどの関心事であったのだ。

「さて。皆、お疲れさまでした。既に聞き及んでいるとは思うけれど、北条征伐は延期になりました。おそらく次は夏になるだろうけれど、その時は才蔵さんの出番だね」

静子は帰還した全員を一堂に集めて労をねぎらった。北条征伐に関する状況を伝え、次回の遠征が夏ごろになるだろうことを推測だと前置いた上で話す。

それだけの準備期間があれば軍需物資の調達に集積など、兵站を充分に調えることができる。近代化を推し進めた結果、比較的少数でも高い戦闘能力を誇る織田軍なのだが、それでも長期遠征となれば莫大な量の物資が消費される。

史実に於いてフランスの梟雄《きようゆう》ナポレオン・ボナパルトが語ったように「軍隊は胃袋で動く」のだ。

「陣中飯も悪くはないが、味気なさは否めない。久々に尾張の旨い飯を腹いっぱい掻き込みたいぜ」

「旨い酒もな」

「貴様ら……帰参早々に言うことがそれか！」

慶次と長可の言葉に、才蔵は憤懣《ふんまん》やるかたない様子を示す。食に関しては生活の基本であるため、不満が出ないよう静子としても細心の注意を払っていた。

それでも携帯性と保存性を重視せざるを得ない軍用糧食の味は改善の余地があった。メタノールを燃料とする携帯用コンロの配備などで、温かい食事が常に摂《と》れるようになっただけでも長足の進歩なのだが、それでも長期間それが続くと不満は溜まるものだ。

静子としても糧食の改善に関する研究は続けており、電化と機械化が進められる尾張では減圧冷却の実用化が見えてきていた。フリーズドライが可能になれば、軍用糧食の食事事情は一気に改善する。

それまでは各地に拠点を設け、流通でそれらを結びながら集積するしかない。もしくは逆転の発想として、重要拠点に街を構築し、生産拠点化してしまうという方法もある。

流石に戦闘が予想される最前線や国境付近は無理だろうが、交代で街まで戻れば充分な補給が受けられるという体制は悪くないと静子は考えていた。

「食事に不満があるのは仕方ないね。ようやく帰ってこられたことだし、久しぶりの尾張の味を楽しんで頂戴。お酒もいつもより良いものを準備したから」

「流石は静子、話が早いぜ！　俺は新鮮な肉だな。塩蔵されたガッチガチの硬い干し肉なんて飽き飽きだ」

「おいおい、まずは酒だろ？　乾物以外の肴があると尚嬉しいな。新鮮な刺身に辛口の清酒だな！」

「どっちも用意しておいたから楽しんでね。それよりも先にお風呂を頂いてきて頂戴。自分では気付いてないだろうけど、皆すごく臭うよ」

慶次と長可には饐《す》えたような臭いが染みついていた。汗と垢に土や埃《ほこり》、蒸れた甲冑や軍馬の獣臭、排泄物等の悪臭が纏いついているのだ。

彼らは既に嗅覚が麻痺しているため自覚できていないが、同じ部屋にいるだけで刺すような臭いが鼻を突く。

「ん？　俺らってそんなに臭いか？」

「いんや、そんなに臭わないが静っちが言うならそうなんだろう。まずは身綺麗にするとしよう」

長可は己の腕を鼻の辺りに持ち上げ臭いを嗅《か》いで怪訝《けげん》そうな表情を浮かべるが、慶次はさっさと席を立つと湯殿へと向かい、慌てて長可が後を追った。

旅の汚れを落とし、用意された衣装に着替えた長可が再び静子の私室に戻ると、彼以外の面々は既に集合していた。

足満に才蔵は言うに及ばず四六ですら身支度を整えてから出向いていることに、己の無頓着さに少し恥じ入る長可だが自分と同類の慶次までが涼しい顔をしていることが腑に落ちない。

「皆からの報告は目を通したよ。才蔵さんはこれから報告受けるけれど、他の皆はそれなりに楽しめたようだね」

「反乱を起こしてまで俺たちの統治を覆《くつがえ》そうとした割には物足りなかったが、地に根付いた民ならではの戦いが見られて楽しかった。そういえば与吉《よきち》（藤堂高虎《とうどうたかとら》のこと）の姿が見えないが、奴はまだ西国だったか？」

「与吉君は今も西国に詰めて貰っているよ。新しい技術を導入した部隊運用を試行錯誤しているみたいだから、もう暫くは戻ってこないんじゃないかな？」

長可は一堂に会した面々を眺めた末に、高虎がいないことに気づいてそのことを訊ねた。高虎は静子の側近の中で唯一西国に向かっており、いくさ場での活躍の機会を奪われているのだが、本人は新技術に夢中でそのようなことは眼中にないようだ。

現在は秀吉の毛利攻めを支援している状況であり、定期的に報告がなされてはいるものの発電状況が思わしくないため、電話の利用に制限が掛かっている状況だ。

一応鉛蓄電池を繋いで運用しているのだが日中の発電量が消費量に追いつかず、発電機を増やすために河川から支流を引き込む工事が始まっているようだった。

「電気ってのは不足するもんなのか？」

「うん。私たちが動くために毎日ご飯を食べるように、あの機械たちも働いている間はずっと電気を食べ続けるのよ」

「食いながら働くのかよ！　大喰らいな働き者も居たもんだな」

「その代わりに不眠不休で常に働き続けるぞ。わしは佐渡でそれなりに楽しんできたぞ、現場を引き継いだ代官が青い顔をしておったが、何も言ってこないのだから問題ないのだろう」

「足満おじさんはともかく、皆も存分に力を振るえたんだね。才蔵さんは北条征伐に参陣するまで待って貰うことになるけれど、大規模な兵同士のぶつかり合いは無いかもしれないね」

「問題ございません。将としての誉れを示す場がなく、たとえ残党狩りとなったとしても静子様の御名に恥じぬ活躍をしてご覧にいれましょう」

「才蔵はどうにも堅苦しくっていけねえな。今後は大砲がドンと鳴りゃ、敵兵がドバッとおっ死ぬっていう風情も糞もないいくさ場になるんだ、ここで一花咲かせずいつやるんだって話だぜ」

慶次が軽口を叩いて才蔵の台詞を混ぜっ返す。軽薄にさえ感じる慶次の物言いに渋面を作る才蔵だが、慶次は才蔵の肩を軽く叩くと酒瓶片手にさっさと部屋から出て行ってしまった。

それを目にした長可も、用事は済んだとばかりに後を追う。その様子に苦笑しながら、静子は才蔵の方へと向き直る。

「慶次さんじゃないけれど、気負わずに最後のいくさを思うように駆け抜けて下さい。私の名などうでも良いのです。己が心の赴くままに北条征伐を楽しんで欲しいの」

「お心遣い痛み入ります。某は某なりに、己に恥じぬ戦いを致しましょう。さて、某はあの馬鹿二人が羽目を外さぬよう、様子を見て参ります」

いくさ帰りで気が高ぶっている慶次と長可を放置するのは危険と判断した才蔵は、静子に深々と頭を下げて一礼すると滑るような足取りで部屋を後にした。

残るは身内である足満と四六だけとなり、静子は幾分肩の力が抜けたのを自覚する。

「足満おじさん、佐渡島攻略お疲れ様でした。代官から定期報告が届いており、今日から相川金銀山の試掘が始まるとあったね。上様直轄領として運営されるから、その露払いを果たしたおじさんには報奨が下賜されると思う」

「くれるというなら貰うが、褒美よりも人足をありったけ回して欲しいものよ。尾張用水もなるほど大事だろうが、どうせ知多半島を潤すならばついでに発電所も造れば良いものを……」

「あまり佐渡には興味ないみたいだね。あちらは厳しい法が敷かれ、私腹を肥やす輩が出ないよう綱紀粛正を図るらしいけれど。あと、おじさんが望むような大規模な発電所は当面難しいかな。送電網を張り巡らせれば嫌でも目立つし、当面はある程度の水量と傾斜があればそれなりに発電できる螺旋水車式発電機で賄うしかないよ」

叶うことならば尾張の電化を目論む足満としては、遅々として進まぬ計画に歯痒い思いを隠せないでいる。その様子を静子は生温かい目で見守っていた。

取り急ぎそれぞれの帰還報告を受けたのち、改めて越後行きに加わった一行が集められた。即ち慶次、四六と越後勢の代表として景勝、兼続の四名である。

「まずはおめでとうございます。塗炭の苦しみに耐えて見事大願を果たされましたね」

「勿体のうございます。それもこれも静子様のお力添えあってのことと存じております」

景勝は本心から静子の援助に感謝を伝えているのだが、当の静子は如才ない景勝の社交辞令だと受け取っており、微妙に話が嚙み合っていない。

「それに御実城様（謙信のこと）は未だ後継者を宣言しておられませぬ」

景勝と景虎との後継者争いは景勝の勝利に終わったが、兼続の言葉にあるように謙信は未だ後継者を指名していなかった。

しかし、ことここに至って嫡子である景勝を後継者に指名しないはずがなく、上杉家の家臣たちは景勝を次期当主であると認識している。

「上杉様の御心は推し量れませんが、上杉領安堵の為にも誰が後継者であるかを天下に知らしめる必要があるでしょう。無いとは思いますが、またぞろ傍流の誰かを擁立して騒動を企てる輩が現れないとも限りません」

史実に於いて『御館《おたて》の乱』と呼ばれた上杉家のお家騒動は、謙信が後継者を指名せぬまま急死してしまったことに端を発している。

当世に於いては謙信も未だ健在であり、彼が景勝を次期当主に指名すれば混乱は回避できると思われた。

しかし、謙信は後継者候補であった景勝と景虎との対立が表面化しても次期当主を指名しなかった。静子としては謙信なりの深謀遠慮があってのことだと考えているのだが、今後も混乱が続くようでは織田家としても介入せざるを得なくなる。

「越後の安堵は北条征伐に於いても重要であり、延いては上様の治世を揺るがす要因にもなりかねません。ややもすれば上様から催促が飛ぶこともあり得ますので、ご実家とは連絡を密にされるようご留意下さい」

今後の東国征伐では後顧の憂いなく北条を攻めるために、現在調略中の伊達家及び越後にて織田家の背後を守る上杉家の存在が重要となる。

静子の推測では景虎の討ち死ににによって、上杉家内の勢力図が刷新されつつあるため、事態が落ち着くまで相応の時を要するのだろうと考えていた。

「格別のご配慮ありがたく存じます。御実城様よりお声が掛かるまでは、引き続きこちらにお留め置き頂き、尾張の文物を学ばせて頂きとう存じます」

「そうですね、人質と呼ぶには些《いささ》か奇妙な立ち位置でしょうが、我が家と思ってご逗留下さい」

「ありがたき幸せ」

人質という処で僅かに言い淀んでしまった静子に、景勝と兼続は小さく笑みを浮かべる。彼らの待遇は人質扱いからはほど遠く、賓客に近しい好待遇を受けている。

流石に他国の人間であるため完全に自由とはいかないが、衣食住が保証された上に連絡さえ付くのであれば短期外泊すら可能という、余人が想像する人質生活からはかけ離れた生活を送っていた。

ただし、彼らの殆どは外泊などするはずもない。専ら利用しているのは兼続であり、お目付け役と言う名目で同道している慶次と花街に繰り出しては、情報収集と銘打って遊興にふけっている。

「皆が無事に帰還したことを祝う宴の前に、慶次さんと四六から話を聞こうかな？」

そういうと静子は慶次と四六へと顔を向けた。四六は神妙な面持ちだが、慶次はいつもと変わらぬ涼しい顔だ。

静子としては勝手に跡継ぎを連れ出した慶次を叱責しなければならないのだが、四六の思いと慶次の思惑をある程度察しているだけにどうにも扱いに困ってしまう。

四六が無事に戻ってきたのは結果論であり、本来四六を止める立場である慶次が危険な旅に連れ出したことは罰されねばならない。

とは言え余りに重い処分を下せば、慶次に頼み込んで付いて行ったであろう四六が己を責めてしまい、ただでさえ遠慮がちな四六の行動が萎縮してしまう可能性があった。

ここは匙加減が肝要であると静子は心を引き締める。

「さて。申し開きがあるならば聞きましょう」

とりあえずは軽いジャブのつもりで彼らの方から自発的な申し開きを引き出そうと試みた。

しかし、慶次は己の行動に対する責を負う覚悟があるためか、一切の言い訳を口にしない。

「俺は申し開きなんざするつもりはないぜ。四六を連れていくと決めた時から処罰は覚悟の上だ」

「良いでしょう。では四六に問います、何故私に相談することなく慶次さんにも迷惑が掛かると解った上で強行したんですか？」

「はい、私は『死』について肌で感じ取りたかったのです。そしてそれは母上の庇護下にいる限り、決して叶わぬことだと考えました」

「そう、思惑は判りました。それで四六は今回のことで得たものはありますか？」

四六は相応の覚悟を以て臨み、慶次にもその咎《とが》が及ぶとあってすら己の我儘を押し通した。これで得るものが無かったのであれば愚の骨頂だ。

「私が母上に拾われる前、『死』とは常に私の傍にあるものでした。今よりも更に無力であった私は、生殺与奪を握る強者である乳母の顔色を窺い、諂《へつら》うことで死から少しでも遠ざかろうと藻掻く日々でした。しかし、今や母上の後を継ぐとなれば私が強者となり、配下の者に死を命ずることすらある立場になるのです。母上の庇護という大きな腕に包まれた今、私にそれができるとは到底思えなかったのです」

「ふむ。私の跡継ぎにはなれぬと言うのですか？」

「いいえ、違います。私は偉大なる母上の後継となりたいのです。ですが安全なここに居ては覚悟が定まりません。ならば再び『死』を間近に感じられる状況に身を置けば、あの暗く冷たい死に対する嗅覚が戻り、覚悟が決まるやも知れぬと思い行動致しました」

「そう。そうまでした甲斐はありましたか？」

静子の問いに四六は黙って首肯する。

「判りました。四六が摑んだものが何か、私にはわかりませんが己が一生を懸けて示す覚悟ができたのであれば、これ以上の言葉は不要でしょう。四六、貴方はこれから生涯を懸けてそれを他者に示し続けなければなりません、それは修羅の道です。今ならばまだ引き返すこともできるでしょう、それでも尚進むと言うのですね？」

静子は再び念を押して問う。四六はまっすぐに静子を見つめ、決然と頷いてみせた。

「判りました。それでは二人に下す沙汰を伝えます」

四六が己の意思で行動し、また学びを得て成長できたことは素直に喜ばしい。しかし、だからと言って規則を破って良いことにはならない。決まりを守らぬ為政者に付いてくる者はいないからだ。

「それほど厳しい処罰を下すつもりはありません。四六は私が良いと言うまで外出禁止。その間毎日図書室で今回学んだことを文章にしたため、私に提出なさい。そして四六を連れ出した慶次さんには明日から半月の外出禁止と断酒を命じます」

「明日からってことは、今日は構わないのか？」

「結果論ですが、四六は無事に生還し、本人曰く成長もあったようです。つまり慶次さんは賭けに勝ったのですよ。ですが不正があったようなので、それについての落とし前だけはつけて貰います。何より今日は宴がありますからね、流石に生還を祝う宴で禁酒させるほど鬼ではありませんよ」

慶次も四六も静子が当然反対するものと考え、置き手紙を残して出発した。しかし、そんな真似をせずとも四六が同道したいと願い出たならば、慶次に諮《はか》った後に許可をしただろう。

出生が特殊であるため、四六の正確な年齢は判らない。しかし、元服を終えたことで社会では大人と見なされる。現代人の価値観で言えば十代半ばなど子供のうちだが、戦国の世に於いては一人前として扱われる。

一人前の大人の決断に、親があれこれと口を挟む必要はない。助言を求められれば与えるが、本人が覚悟を以て決めたことであるならばそっと背中を押してやるのが親というものだろう。

「罰とは言っても形式的なものですから、そう四角四面に構える――」

必要ないと言おうとした静子の言葉は遂に発されることはなかった。静子よりも先に慶次と景勝、兼続が気付いたようであり、各自は既にいつでも飛び出せるよう身構えている。

ただ一人、四六だけが周囲の変化について行けず泡を食っていた。それでも荒々しい足音が近づいてくるのに気付き、四六は静子と共に慶次たちに庇われる位置へと退避する。

「失礼いたします！　静子様、火急の報せが届きました」

「構いません、報告なさい」

襖一枚を隔てた向こうから、小姓の慌てた声が飛び込んできた。喘鳴《ぜんめい》混じりの声から察するに、一刻を争う事態なのだと理解できた。

「はっ！　本願寺 教如《きようによ》が退去を拒んで挙兵し、寺に立て籠りました！」

荒い呼吸が収まらぬ小姓とは裏腹に、報告を受けた静子は冷静だった。

「判りました。教如たちの兵数や武装は判りますか？」

「教如は無数の僧兵を率い、また多くの武具や矢を持ち込んでいる模様。物見の報告では武装解除前に匹敵するとのこと」

静子は教如が行方を眩《くら》ませた時から、何かしらの反乱を起こす可能性があると踏んでいた。その為に色々と手を打っていたし、警戒を怠ることはなかった。

実際に石山本願寺は織田軍の手によって包囲が敷かれ、静子軍からも多くの人員が派遣されている。ゆえにこそ、教如が包囲を破ったわけでもないのに本願寺内に入れたことのみが不審であった。

「本願寺の周囲は、上様の軍によって包囲されていたはず。直接戦闘はあったのですか？」

「それが、突如として本願寺内に集団が現れたとのことです。未発見の隠し通路があったのでは無いかと推測されます」

石山本願寺は前座主《ざす》であった顕如《けんにょ》を裏切った下間頼廉《しもつまらいれん》の手によって管理され、門徒たちの退去も完了して信長へと引き渡される運びとなっていた。

石山本願寺は信長に降伏する際に、朝廷に仲介を申し入れた関係から引き渡しに先んじて朝廷から派遣された役人が敷地内を検め、安全が確認された後に信長へと引き渡される手筈となっている。

本願寺門徒と織田軍は直接戦闘を何度も行っており、第三者である朝廷による調停の下で交渉を行うことに双方が合意したためだ。

そして本願寺門徒の退去が完了したとの報告を受け、朝廷から派遣された役人が内部を検めるため包囲を解くように織田軍に申し入れ、それを受けた織田軍は一部の包囲を解いて朝廷の使者を本願寺内部に入らせた。その後、数日の定期報告を受けながら内部確認が行われていた矢先に今回の騒動が勃発したのだ。

「朝廷からの使者殿の安否は確認されているのですか？」

「それが、教如派を名乗る僧兵たちが門扉を閉ざした後は何の音沙汰もなく、使者殿の安否に関する情報も入ってきておりません」

「となれば使者殿は既にこの世におられぬか、最悪人質に取られたとして行動する必要がありますね。ありそうなのは、使者殿が共謀して教如派を招き入れた、でしょうか？」

「なっ！　滅多なことを仰らないで下さい。万が一にもそのお言葉を耳にした者が漏らせば、責任問題となりましょう！」

唐突に放たれた静子の言葉に小姓は狼狽する。主君である静子は室内にて越後の人質たちと謁見しているはずである。臣下として不興を買ってでも止めようと必死になった。

「構いませんよ、十中八九使者殿と教如は共謀関係にあります。いくら何でも都合が良すぎますからね。まあ、それだけで判断した訳ではないのですが、良いでしょう」

「あの……それで、如何いたしましょうか？」

「確か私の配下が顕如及び頼廉の身柄を押さえていたはずです。まだ神戸三七郎《かんべさんしちろう》（信孝《のぶたか》のこと）様に引き渡していないはずですし、早急に彼らの身柄を私の京屋敷へと移送するよう伝えなさい。神戸様へは私から説明をしますので、まずは彼らの安全を確保することが最優先です」

「はっ！」

「警護の者には彼らの命を絶対に守るよう伝えて頂戴。特に顕如の命が奪われれば、上様にとって望ましくない状況となりますので、万難を排するよう全武装の持ち出しを許可します」

「承知しました。それでは失礼いたします」

静子の命を受けた小姓はそれだけ告げると、踵を返して立ち去って行った。足音が廊下を曲がり、聞こえなくなったころに静子はほっと大きく息を吐いた。

「困ったことになりましたね」

「全く困っておられるように見受けられぬのですが」

困ったと口にしつつも、余裕の態度を崩さない静子を見て景勝が思わず突っ込んでしまう。慶次はそんな静子に慣れているのか、全く気にしていない様子だった。

「いえいえ、困ってはいますよ。野望を捨てて大人しく出頭してきてくれれば、一手間省けたなあと思うぐらいには」

「これはしたり。静子様に掛かれば本願寺の反乱も一手間に過ぎぬと言うことか。ならば我らは御身を煩わさぬよう、今まで通り過ごさせて頂くと致しましょう」

「別に聞かれて困ることもありませんが、お休みになる時間も必要でしょう。あ、そうそう。宴に関する希望があるなら、今のうちに仰って下さいね。料理の手配がありますので」

「この状況でも宴は催されるのですか！　なんとも剛毅なことだ。我らからの希望は特にございません、いつも通りご相伴に与りまする」

静子自身にまるで気負ったところが見られないが、それでも部外者が居ては話しにくいこともあるかも知れないと、景勝と兼続は部屋を辞した。

静子が語ったように二人が本願寺に関する騒動を知ったところで、こちら側には何ら瑕疵《かし》が無いため恥じるところがない。むしろ約定を破った本願寺側に問題があったという証人にすらなるため、好都合とさえ言えた。

「丁度良いですね。四六の課題としましょうか」

「は、はい」

「そう気負わずとも構いません。丁度良い教材なので腕試しに取り組む程度で良いのです」

四六は静子の後継となりたいと口にした。ならば可能な限り四六に経験を積ませてやるのが、親の仕事だろう。

突発的な問題が生じた際に、己ならばその問題にどう対処するかを常に考えるのは為政者たるものの訓練になる。これを習慣づけてしまえば、想定外のことが起こった際にもパニックになることなく、己を客観視しながら対処できるようになるだろう。

余計な苦労をさせたくないが、適度な試練は四六の血肉となって生を繋ぐ糧となる。

「一つ。私は顕如と頼廉の身柄を確保するよう指示しましたが、これの狙いを四六はどう考えますか？」

「教如は顕如の実子と聞いております。父の身柄を確保して、教如に投降を呼びかけさせれば余計な戦闘を回避できるかと存じます」

「教如は既に顕如と袂《たもと》を分かっています。今更投降の呼びかけには応じないでしょう。応じたところで死を賜ることは確実ですしね」

静子の指摘を受けて四六は再び考える。蜂起した時点で教如に助かる道はない、それならば戦闘は不可避であるため、視点を変える必要がある。

顕如が生きていることによる利点は何かと考えを巡らせると、閃くものがあった。

「……顕如が死ねば、本願寺門徒は教如に殉ずるしか道がなくなります」

四六の発した言葉に、静子は良くできましたと言うような笑みを浮かべる。

「顕如の存在は本願寺が敗北したことの象徴となります。教如がいかに檄を飛ばそうとも、厭戦気運の門徒たちは顕如の方針に準じていると言い訳ができるのです。ところが顕如が死んでしまえば、『顕如は織田家によって騙し討ちにあった、本願寺門徒よ立ち上がれ！』とでも号令を飛ばされれば各地で一向一揆が勃発しかねません」

「逆に織田家が顕如を保護していると示せば、教如に大義が無いことを天下万民に晒すことになりますね！」

「正解です。教如に大義が無くなれば、我々が何とでも料理できるのです。こちらの出血を避けるならば、顕如を矢面に立たせて本願寺同士で対立させるという手もあります」

「……それは、本願寺同士での骨肉の争いになりませんか？」

「ただ、この選択肢は取らない方が良いでしょう。顕如が積極的に教如を征伐すると言い出さない限りは、我らが画策したとして禍根を残します。遠く離れた東国ならいざ知らず、尾張からも安土からも近い石山本願寺に立て籠ったのが敗因です」

「母上ならばどのように処理されるのですか？」

「それを言っては課題にならないでしょう？　四六ならばどうするのが最適かを考えるのです。我らが持つ手札と、相手側の手札、更に朝廷の思惑を加味して答えを出してご覧なさい」

　そう言って穏やかにほほ笑む静子と、その期待に応えんと必死に知恵を絞る四六の姿に慶次は親子の絆を感じていた。

書き下ろし番外編　正室騒動

信忠から松姫を正室に据えると宣言した理由を聞いた静子は、信長が直々に許可した松姫の側室入りを妨げようとした者たちの狙いを探ることにした。

既に信忠が大騒動にしていたため、静子が表立って事情聴取を行い、裏からは真田昌幸に命じて各人の思惑を調べ上げた。

「うーん、怨恨じゃなくて利益目的っぽいね」

静子としては松姫外しの原因として大きく二つのパターンを想定していた。一つは怨恨。互いに殺しあった結果、武田家に対する恨みを募らせ、主君と仰ぐ血筋に憎き武田家の因子を入れたくないという感情に起因するもの。

もう一つは利益誘導。信玄の忘れ形見でもある松姫は、甲斐の国を治める者こそが娶るべきであるという建前を振りかざし、信忠の側室へ已の息が掛かった娘を送り込みたいという野心を抱いたもの。

　探りを入れ始めてすぐに見えてきたのは、どうも怨恨の線は薄いということだった。信長という天下人の後継となる信忠に対し、側室の外戚《がいせき》として影響力を持とうと画策している証拠がいくつも見つかったのだ。

「奇妙《きみよう》様に対して松姫を側室からも外すべきだと進言した者を調べ上げて。その人物の来歴は勿論、家族構成から親族が何をしているかに至るまで徹底的に洗って」

「はっ！」

　信忠に直接申し入れた臣下には、信忠と年の近い娘がいた。しかし、相当数の臣下が松姫の側室入りに対して反対したという事実から、臣下の間で結託している可能性が存在する。

　誰がどのような派閥を形成しており、またその派閥に誰が属しているかという勢力図を詳《つまび》らかにする必要が出てきた。

　ただでさえ東国征伐で忙しい時期に、己の勢力拡大という野心を実現するため家臣同士で余計な騒動を起こされては困る。

　後方支援の全てを総括している静子にとって、そうした小さな不和の火種は決して見逃せるものでは無かった。

　こうした小さな不和は往々にして臣下間の意思疎通を阻み、円滑な部隊運用に悪影響を及ぼし、延いては東国征伐自体を混乱させることになる。

つまりは敵である北条に利する行為となり、この芽が大きく育つ前に根絶する必要があった。

「よくぞ短期間でここまで調べてくれました」

信忠が静子に事件の背景を語った数日後には、信忠の配下に関する詳細な派閥の勢力図及び、それぞれの派閥に誰が属しているかの情報が集められた。

急に調査を依頼したにも拘わらず、必要な情報を即座にまとめ上げた間者たちに静子は褒美を与える。

間者たちの集めた情報によれば、自分の派閥から信忠の側室を出そうと画策している者は二人であった。

幸いにして織田家の連枝《れんし》は含まれておらず、懐柔するにせよ処断するにせよ静子と信忠の独断で対応できる。

「上昇志向があるのは結構だけれど、上様の決定に異を唱えるということがどういうことなのか理解してないね」

つい最近、織田家の傍系親族が族滅に遭ったばかりだというのに、所詮は他人事とでも思っていたのだろうか。

（いずれにせよ話がここまで大きくなったからには、内々で済ませてしまうことは出来ない。上

様自身が相当に気を配って決めた側室に対し、謀略によって転覆を図ったのだ）

信長にとっても信忠の配偶者選びは悩ましい問題である。信忠の正室になる者は、正室本人だけでなくその一族が織田家の嫡流に対して大きな影響力を持つことになる。

年若い信忠にとって、己の娘を正室に宛がった老獪《ろうかい》な親戚など百害あって一利なしであろう。

（首謀者を排除した場合、奇妙様の支持基盤が揺るがないか確認した上で上様に相談しないと）

我ながら甘いと思いつつも静子はため息をついた。

そうして静子が苦心している間、信忠の様子はと言えば何処へ行くにも松姫を伴っており、その仲睦まじい様子からおしどり夫婦のようだと周囲には見られていた。

しかし、よくよく観察してみればそれだけではないことが理解できる。信忠は松姫を常に自分の手が届く場所に置きたがり、静子が松姫に世話係を宛がうことすら難色を示した。

他ならぬ静子の推薦であるため渋々受け入れたものの、どうにも疑念が拭えないようであり、何かあればすぐに駆け付けられる距離を保ち続けた。

世話係からその様子を聞いた静子は、一度世話係を下がらせて松姫を呼び出した。案の定というか、呼んでもいない信忠も帯同しており、松姫としても対応に苦慮していることが窺える。

静子は短く嘆息すると、信忠を自分の近くへ来るよう手招きをした。松姫を呼び出しておきながら、自分に用がある様子の静子に首を傾げつつも、信忠が静子の前にどっかりと胡坐《あぐら》をかいた。

次の瞬間、信忠が頭を抱えて床に転がった。

「いってえ!!」

信忠が悶絶している理由、それは静子が信忠の脳天に思い切り拳を振り下ろしたためだ。

己の非力さを補うべく、静子の姉直伝である中高一本拳《なかたかいっぽんけん》と呼ばれる折り曲げた中指を突き出した特殊な握り方をしている。

これは力が中指の第二関節という点に集約されるため、女性の膂力《りょりょく》であっても相当に痛い一撃を生む。

大の男が悶絶していることと、それを静子が行ったことに松姫は呆然と立ち尽くし、静子の小姓たちでさえ呆気にとられたのかあんぐりと口を開いたままになっていた。

「過保護が過ぎる。君は彼女を守っているつもりかも知れないけれど、松姫だって四六時中付きまとわれたら気が休まらないよ」

「だからって殴る奴がいるか!」

「口で言っても解らないんだから鉄拳制裁あるのみよ。私の姉の持論なんだけれど、馬鹿は正論じゃ動かないらしいからね」

涙目で抗議する信忠を静子は真っ向から馬鹿と切って捨てた。

「それで、この状況を打開したいから私の処に来たんでしょ？　それともこのまま周囲の全てを敵に回して廃嫡への道を進みたいの？」

「うっ……それは……」

静子邸は織田家に於いても特殊な位置づけにある。濃姫やお市が配慮して手を回した結果、どの勢力も土足で踏み込むことを許されない治外法権じみた状況にある。

ゆえに信忠が松姫を守るために、静子邸に身を寄せたのだ。しかし、その静子邸に於いてすら家人を信用しない態度をとり続ければ、いかに信忠といえど良くは思われない。

「彼女が武田家の血筋だからと色眼鏡で見るような者はうちにはいないよ」

「……すまん。つい疑心暗鬼に陥っていてな……」

「君も酷い顔になっているから少し休みなさい。松姫に関しても別室で休んでもらうから」

信忠が折れてからは話が早かった。二人に充分な休息をとらせた後、改めて二人を一緒に呼び出して話を聞くことになる。

「……それで君はどうしたいの？」

「どうしたいとは？」

信忠が静子の問いの意味を量りかねて問い返す。

「どう決着をつけるかだよ。このまま彼女を正室にすると主張し続けても誰も得をしないでしょ？　君が折れて上様に謝罪するのは必須として、騒動の原因を作った者をどうしたいか聞いているの」

「……」

「失敗は若者の特権だけれど、流石に今回は浅慮が過ぎる。誰にも相談することなく、突然正室宣言をすれば大混乱に陥るのは火を見るよりも明らかだよね？」

静子は「お前の浅はかさが松姫を窮地に立たせている」と暗に言っていた。そのことに自覚があるだけに、信忠は拳を握りしめて項垂れる。

「反省は後でゆっくりして貰うとして、今回のことに対する落としどころを決めないとね。これだけの騒動に発展したのだから、君が謝罪するだけでは済まないのは判る？」

「そんなことは判っておる」

「じゃあどうやって騒動を収めるの？」

静子の問いに対して信忠はすぐに答えを返せなかった。まずは信忠が公式に信長に謝罪し、正室宣言を撤回した上で何らかの処分を受け入れる必要がある。

その際には信忠は勿論のこと、彼を正室宣言に走らせた者に対しても処罰が下されるのは必定であり、信忠が配下を掌握しきれていない未熟者であると周囲に知らしめることにもなる。

何せ他ならぬ静子が主君を助けるために越権行為をし、それに対する罰を引き受けたのだ。後継者たる信忠に特例で赦しを与えたのでは本末転倒である。

「力を貸して欲しいのなら相談に乗るし、上様との橋渡しをするのも請け合うよ。関係者に対して根回しをするのだって引き受けるけれど、それをすると決めるのだけは君でなければいけないの」

「……少し時間をくれ。何をするのが最適か考えたい」

「良かったよ。何も考えずに反射的に答えを出そうとするなら、もう一回殴らないとって思っていたところだよ」

微笑みながら拳を握りしめる静子に、信忠は殴られた箇所を押さえつつ身を引いた。

あとがき

アース・スターノベル読者の皆様、夾竹桃と申します。

こうして巻末で皆様へご挨拶するのも14回めとなりました。次の巻にて一の位を四捨五入すれば繰り上がります。またコミック版もご愛顧頂いているお陰で2桁が見えてきている状況です。

こうして戦国小町苦労譚シリーズを小説・コミック版合わせて20冊を超えるほどに出版させて頂けたのも、皆様のお引き立てあってのこととお礼申し上げます。


昨年は巷を騒がせている感染症によって色々なイベントが延期になったり、中止になったりとやむを得ないながらも大変な年でした。

この後書きを執筆している現在も流行が収束しておらず、連日リバウンドの兆しが報じられるなど制御が難しい現状が見えております。

こんな先行きが見えない時にこそ役に立つのが過去の類似事例分析です。世界的流行を示すパンデミックとして『スペイン風邪』があり、こちらは1918年から始まり、僅か2年で推定五千万〜一億人が病死したと言われております。

「現時点から百年も昔の事例が参考になるのか？」と疑問を抱かれるかも知れませんが、実は大いに参考になるということが判ります。

スペイン風邪流行地での政府衛生局が打ち出した対策は「人が多く集まる場所に行かない」「咳を

する際は手拭《てぬぐ》いなどで口をふさぐ」「人の集まる施設の閉鎖」等です。

どうでしょう？　こうして見ると、手指衛生（手洗い）の徹底が無いだけで、現代でも対策の基本方針はさほど変わっていないことが判ります。

勿論科学技術の進歩があって、原因ウィルスの特定や消毒薬、高性能な不織布マスクなど現代の方が色々と恵まれてはいるのですが。

「温故知新」と言う言葉もあるように、過去の事例から学ぶことは非常に有用です。現在の対策も過去の実績に基づいた医学的根拠があるのだと言うことが判ります。

ただ過去の知見を妄信するのもまた問題です。技術の進歩に伴って新しい事実が判明し、それを加味した上で対策を吟味する必要があるでしょう。過去の成功体験に引きずられ、闇雲に過去の対策を繰り返すのではいけません。


筆者に近いところの変化としてはテレワークがあります。数年前までは在宅ワークなど一部の限られた業種のみの話だったのですが、今ではすっかり定着しております。

兼業作家である筆者は割とブラック体質な企業に勤務しており、風邪ぐらいなら出勤するのが当たり前、幸いにして筆者の会社は違いますがインフルエンザに罹患していてすら出勤を促すという体育会系のノリが横行しておりました。

ところが今回の感染症による功罪と言いましょうか、今では一定以上の発熱があれば休むように上長から指示されるようになったようです。

近頃では自粛疲れなどが取り沙汰されていますが、昨年の２、３月などは正体不明の感染症に皆が戦々恐々としていたものです。

　本当に病気というのは恐ろしいですし、別ベクトルで人々の慣れというものも恐ろしいですね。悩みすぎてうつ病になるよりはマシかと個人的には思っております。


　これらの影響で筆者の生活にも変化がありました。外出を控えるようにした結果、一人暮らしの生活で不要になった荷物の整理に難儀しております。

　不要品とは言え高価な家電等も多く、今までは知人に譲ったり、リサイクルに回したり、どうにも処分できないものだけ廃棄処分にしておりました。

　しかし今回の感染症のせいで知人に譲るという選択肢は難しくなりました。筆者と交流が深く、趣味を同じくする友人がおりタブレット端末等の電子機器を好んで引き取ってくれるのですが、基礎疾患を抱えております。

　気にしすぎかもしれませんが、彼と比べれば多くの人々と接する筆者の持ち物を譲ったために、彼にとっては致命傷となりうる感染症を運んでしまったとなれば悔やんでも悔やみきれません。

　そこで段ボール収納サービスというものを利用することにしました。業者から送られてくる段ボールに、不要な物品を詰めて送り返すだけ。

　非常に便利なのですが、嵩張る家電等は入らないため悩ましいのです。加湿器や除湿器などの季節性がある家電は、片付けておきたいのですが中々痒いところに手が届きません。

　そうした物を安価に保管するならばトランクルームでも契約するのでしょうが、たかだか数個の家電の為にトランクルームを利用するのも業腹で悩ましい限りです。

収納と言えば、筆者は作家業を個人事業主として運営しているため、何かと保管しなければならない書類が多く、生活スペースを圧迫します。

これを解決するために書類保管サービスを検討しております。経理や税務関係の書類などは保管期間を過ぎれば処分できるため、概ね一定数となるのですが、契約書等の契約期間が続く限り保管する必要のあるものは増える一方です。

比較的重要度の低い契約書類（家電等の保証書等）や、直近3年を超える経理関係書類を委託できれば筆者のＱＯＬが向上するのでは無いかと目論んでおります。

未だ検討段階ですが、実際にどの程度のスペースが確保できるかを試算してみて、有用だと思ったら利用してみたいと考えています。


筆者の近況ばかりを話していたら紙幅が尽きて参りました。

拙作の方は長らく地道な開発を続けてきた成果が一気に芽吹いており、加速度的に戦国時代にそれはズルいという状況が増えてきます。

戦略、戦術をものともせず技術と物量でごり押しする展開は好みが分かれるかもしれませんが、変わらずご愛顧賜れれば幸いです。

本書の出版にご尽力頂きました担当編集Ｔ様、イラストレーターの平沢下戸様、校正や印刷所など本書の出版にかかわってくださった方々、そして本書をお手に取ってくださった貴方に感謝を。

２０２１年3月　夾竹桃　拝

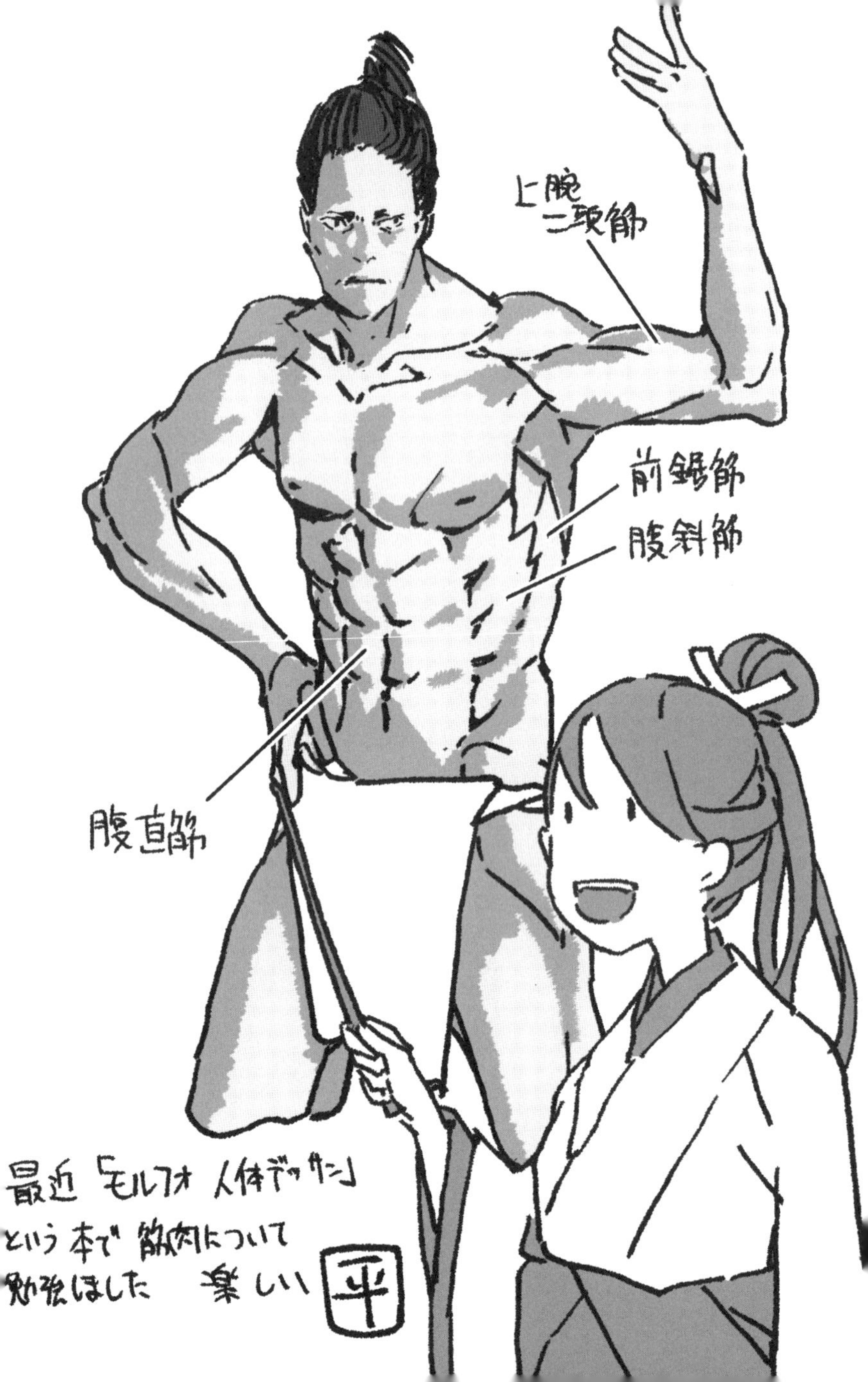
上腕二頭筋
前鋸筋
腹斜筋
腹直筋
最近「モルフォ 人体デッサン」
という本で 筋肉について
勉強しました 楽しい
平

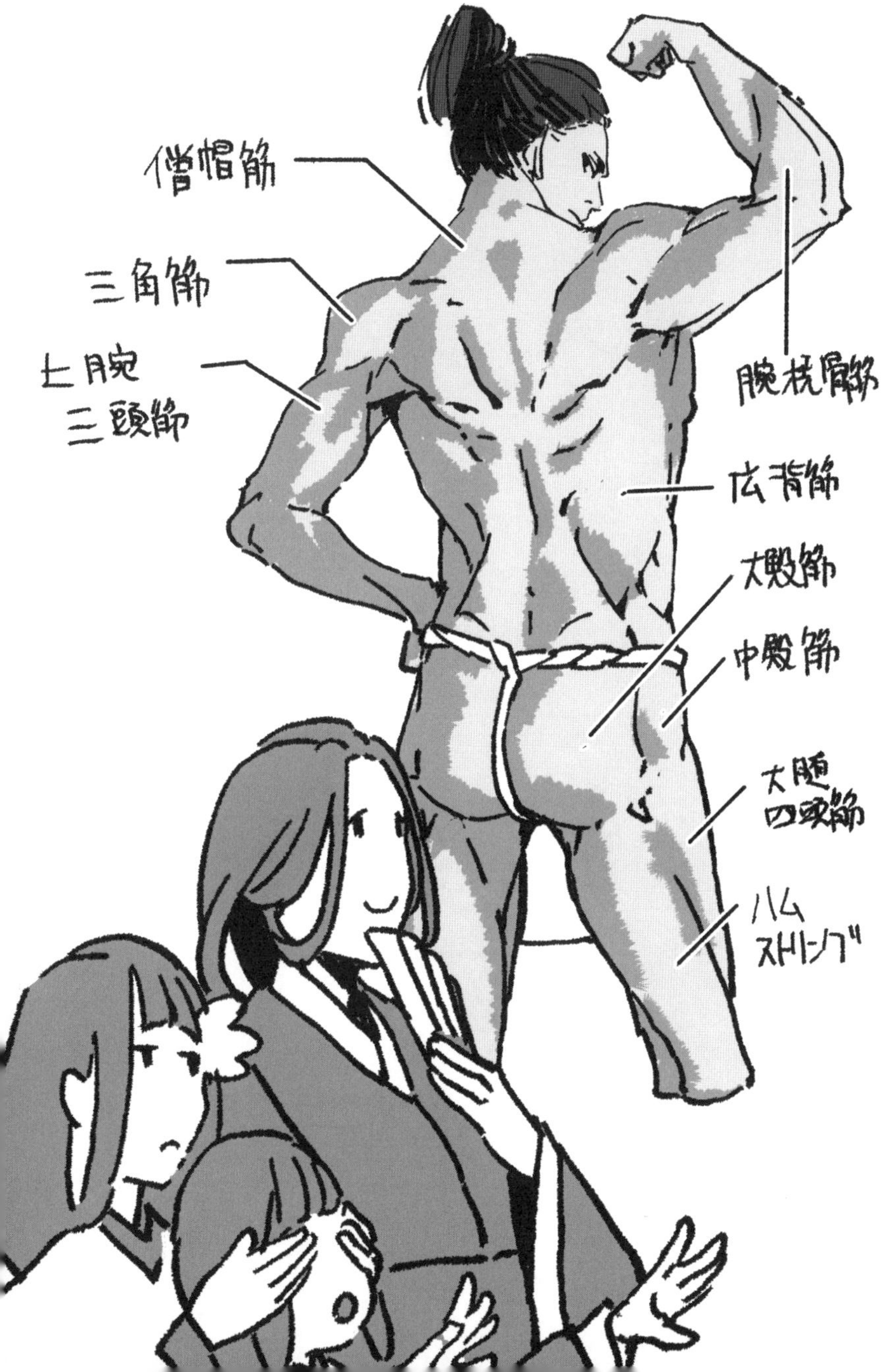
僧帽筋
三角筋
上腕
三頭筋
腕橈骨筋
広背筋
大殿筋
中殿筋
大腿
四頭筋
ハム
ストリング

EARTH STAR NOVEL

戦国小町苦労譚　十四、工業時代の夜明け

発行 ―――― 2021年4月15日　初版第1刷発行

著者 ―――― 夾竹桃

イラストレーター ―――― 平沢下戸

装丁デザイン ―――― 鈴木大輔（SOUL DESIGN）

発行者 ―――― 幕内和博

編集 ―――― 筒井さやか

発行所 ―――― 株式会社 アース・スター エンターテイメント
〒141-0021　東京都品川区上大崎 3-1-1
目黒セントラルスクエア　7F
TEL：03-5561-7630
FAX：03-5561-7632
https://www.es-novel.jp/

印刷・製本 ―――― 図書印刷株式会社

ISBN 978-4-8030-1503-4